Rosa Pock

Eine kleine Familie

Literaturverlag Droschl

für Emily

Ich bin das einzige Kind meiner Eltern. Warum das so ist, darauf wissen auch sie keine Antwort. »Der Allmächtige will das so, der wird es doch besser wissen als wir.« Frage ich nach einer Schwester, frage ich nach einem Bruder, antworten beide: »Das ist eben so, dass du unsere Einzige bist, das hast du hinzunehmen.« Und schon schwirrt mir der Kopf. Was bedeutet hinnehmen? Ich will und werde hinnehmen, bis ich hin sein werde, so wie meine Eltern auch hin sein werden, dann, wenn ich groß geworden sein werde. Wir sind eine kleine Familie und leben in einem kleinen Haus. Vor dem Haus gibt es einen Gemüsegarten, worin gerade Karotten besonders groß werden, vielleicht, damit die Hasen hinter dem Haus satt werden. Wie es sich für eine kleine Familie gehört, sind wir auch arm. »Wir sind trotzdem reich«, antwortet mein Vater, »wir haben ja uns, der Ofen wärmt im Winter, im Sommer pfeifen die Vögel, und vergiss nicht, es gibt Gegenden, da hat es sechzig Grad wie in der Hitze Afrikas, und vergiss nicht, es gibt Gegenden, da hat es vierzig Grad minus wie in der Kälte Sibiriens. Wenn das kein Wohlergehen ergibt, was dann?« Jeden Morgen gehe ich mit dem Nachbarskind, das etwas reichere Eltern hat als ich, aber nur wenig reicher, in die drei Kilometer entfernte Schule. Wir überqueren jeden Tag einen Bahnübergang. Nicht jeden Tag ist der Bahnschranken zu, wenn wir zur Schule gehen, weil wir nicht jeden Tag zur selben Zeit zur Schule gehen, meistens schon, aber nicht immer. Wenn die Lehrerin krank ist und eine andere Lehrerin springt ein, dann gehen wir beide eine Stunde später zur Schule und dann ist der Bahnschranken offen. Auch beim Nachhauseweg ist das nicht regelmäßig. Zum Beispiel machen wir Donnerstag noch Turnübungen, dann hat die Klasse zwar zu, der Turnsaal dafür ist offen wie der Bahnübergang. Einmal sind meine Schulfreundin und ich vor einem geschlossenen Schranken gestanden und sie hat ein Bonbon hervorgeholt aus ihrer Tasche, ein Himbeerbonbon. Himbeer und noch dazu Bonbon, mehr wollte ich nicht, obwohl mein Vater, auch meine Mutter, mir verboten haben, nach fremdem

Eigentum zu gieren, habe ich geradewegs das Verbotene getan und nach dem Bonbon gegriffen, das auch noch zu Boden gefallen ist. »Du darfst es verwenden bis es wieder sauber ist, dann gibst du es mir wieder«, gesagt und getan, das Bonbon war in meinem Mund, und sauber habe ich es ihr in ihren Mund rückerstattet. Diese Einübung in die Hierarchie des Daseins hat mir gut getan.

In Mathematik, sagt die Lehrerin, benehme ich mich wie eine Negerin, die nicht schreiben kann. Ich glaube trotzdem, dass sie mich liebt. Vielleicht mehr als die anderen, die sich nicht wie ich, die nicht einmal zwei und zwei mit den Fingern abzählen kann, benehmen. Dabei liebe ich die Zahlen mehr als die Buchstaben. »Mathematik ist mehr als die Zahl, wie die Sprache mehr ist als der Buchstabe«, höre ich die Lehrerin mich rügen, das soll einer verstehen. Da träume ich schon lieber vor mich hin, wie gut, dass sie nicht in mich hineinschauen kann, und schon befinde ich mich auf dem Apfelbaum und zähle die Blätter. Das ist Schwerarbeit, bei welchem Blatt beginne ich, wann weiß ich, welches bereits gezählt ist und welches nicht? Nie stehen sie nämlich still, immer sind sie in Bewegung, auch wenn der Wind nicht weht. Ich komme noch ganz durcheinander bei diesen Verwirrnissen, die Lehrerin spricht und spricht, ich beginne gerade wieder von vorn und habe an der Tafel zu erscheinen. »Wo bist du schon wieder hingeflogen? Und dann wunderst du dich, wenn du nicht einmal das Einmaleins beherrschst, geschweige die umgekehrte Operation der Multiplikation.« Sie spricht immer ein Kauderwelsch, das niemand so richtig versteht, dafür ist sie besonders nett anzusehen in ihrer immer frisch gebügelten Bluse. Ob sie diese auch trägt, wenn Ferien sind? »Mein Kind, lerne endlich dich zu konzentrieren, die Schule ist kein Spaß, das Leben auch nicht, daher lernen wir ja unentwegt für das Leben, nicht für das Vergnügen. Stell dir nur einmal vor, wir lernten zum Vergnügen – dann würde es berechtigt heißen, was hat denn die in der Schule überhaupt gelernt, nichts als Vergnügen, und auf einmal wird es ernst, das Leben kommt und du hast nichts dafür gelernt.« Ab heute ist aber Schluss mit dem Blätter zählen, und höre bloß der Lehrerin zu, die uns so Wichtiges zu berichten hat, und ich, ich hätte es beinahe verträumt. Mir knurrt der Magen, der Hunger zerfällt in einzelne Buchstaben, und jeder einzelne Buchstabe steht für Huhn, Unkraut, Nockerl, Germknödel, Eierspeise, Rosenkohl. Wenn das nur die Lehrerin wüsste.

Mein Vater sagt, er möchte den Gürtel um die Welt enger schnallen. Das gefällt mir. Ich bin stolz auf meinen arbeitslosen Vater, der viel Zeit damit verbringt, mir schöne Sätze zu sagen. Denn sonst hat er nichts zu sagen, ganz ohne Amt und Ehren. Sogar der Schulwart nimmt einen höheren Rang ein als er. Der Schulwart hat seinen Platz gefunden in der Ordnung der Menschen, meinen Vater nennen sie dagegen einen Einzelgänger, als ob nicht alle allein gehen müssten. »Hör gar nicht hin, was die Menschen über die Menschen reden, das tun sie alle gern, damit sie sich besser vorkommen. Als ob das auch was wäre. Sie verbringen ihre ganze Zeit nur damit, ja nicht zu bemerken, was sie tun. Die Mächtigen lassen von den Nicht-Mächtigen die Raketen bauen, damit die Nicht-Mächtigen andere Nicht-Mächtige töten, damit die Mächtigen noch mächtiger werden.« So einfach ist das. Ja, mein Vater versteht nur zu gut, was Sache ist und was nicht. Mir kommt die Mengenlehre in den Sinn, in der man auch nicht die Menge der Frauen in die Menge der Männer werfen kann. Wichtig sei nur, die richtigen Zusammenhänge richtig zu erfassen, das sei alles, sagt mein Vater. »Lass dich niemals vom Wesentlichen ablenken, und das Wesentliche liegt hinter den Dingen. Du musst das Unsichtbare sehen lernen.« Mein Vater erzählt mir, was richtig und was falsch ist. Richtig ist, sich über nichts zu beschweren, weil das belastet nur den, der sich beschwert. Falsch ist, sich über alles zu beschweren, das belastet alle. Das bedeutet, dass ich mich nie mehr über meinen Religionslehrer beschweren darf, weil er mir keine richtigen Antworten gibt? Das ist schwer, sich nicht zu beschweren. Mein Vater sagt, es wäre langweilig, wenn nichts schwer wäre, dann wären wir keine Menschen, sondern Paradiesvögel, »und möchtest du das?« Nein, und nochmals nein, ein Paradiesvogel! Was wollte ich nur mit den vielen Federn, die aus meiner Haut sprießen würden? Das wäre noch viel beschwerlicher als das Schwerhaben, wir können ja wählen, ob wir es uns schwer machen oder nicht. Wie mein Vater sagt, können wir uns jedesmal von Neuem entscheiden, ob wir es so oder so machen wollen. Das ist das Unsichtbare, das wir nicht bemerken. Wir haben in jedem Moment die Freiheit zur Wahl, so mein Vater. Dann bin nicht ich verantwortlich dafür, wenn ich meine Eltern ärgere, nein, denn sie könnten beide, und jeder für sich, entscheiden, dass sie sich nicht ärgern. Wie klug mein Vater ist.

Meine Mutter sagt, sie liebt die Zwischenräume der Krawatten meines Vaters. Darauf bespricht sie den Bleistiftwert des Kuckuckswärters. Und dann hat sie sich auch noch in den Begriff des Gewandmeisters verliebt. Wie besonders sie ist. »Ja«, sagt mein Vater, »wenn ich mir die reichen Frauen ansehe, und dann sehe ich mir deine Mutter an, bin ich froh, dass wir nicht reich sind, denn wahre Schönheit kommt vom Herzen und nicht vom vielen Geld.« Meine Mutter hat ein großes Herz und wenig Geld und ist die schönste Mutter, die ich kenne. Meine Mutter will mit der Zeit gehen und lernt die Sprache des Computers. Solange sie den besten Schweinebraten zubereite, sagt mein Vater, könne kein Computer der Welt ihre Kochkunst stören. Das Essen steht selten pünktlich auf dem Tisch, dafür schmeckt es umso besser, der Hunger und meine Mutter sind die besten Köche. Einmal in der Woche essen nur mein Vater und ich, dann fastet sie. »Wie gut ihr beiden es doch habt, ihr dürft die Torte essen, ich hingegen muss sogar den Anblick einer Konditorei schon meiden, damit mein Rock passt.« Wenn es um ihr Gewicht geht, hat man ihr den Humor gestohlen, lieber wären mir ein paar Hüftkilos, die man ihr, wie von Zauberhand, absaugen würde. Mein Vater sagt, gerade diese Kilos liebt er, und er sei froh, dass kein Dieb und kein Operateur – wie gut, dass wir nicht reich sind – diese geliebten Kilos abspecken könne. Und was sie sonst noch alles kann. Am besten kann sie mit ihren Freundinnen Kochrezepte tauschen. Sie liebt den Tausch im allgemeinen und im besonderen, nur meinen Vater und mich möchte sie nicht tauschen. Obwohl sie uns, im Zorn, wenn sie wütend vom vielen Kalorien-Verzicht ist, gerade mit diesem Tausch droht. Wenn keine Küchenrezepte durch die Küche fliegen, widmet sie sich der Nähmaschine, um mir ein Kleid zu nähen, das ich mir wünsche. Sie erzählt Geschichten aus ihrer Kindheit, wie unglücklich sie über ihr Kommunionskleid war, sie näht und näht. Dann sitze ich da mit einem Kleid, das mir nicht gefällt. Hätte sie mir doch von einem Badeanzug erzählt.

Meine Eltern streiten sich. Es ist mir nicht klar, worüber sie streiten, dann geht es mir wie in der Schule, nur dort ist es nicht so arg, weil es nicht so weh tut. Meine Mutter sagt, »siehst du nicht, wir leben in einem Jahrhundert, in dem das Patriarchentum endgültig vorbei ist. Und auch wenn wir in einem kleinen Haus leben, habe ich doch einen großen Verstand und sehe nicht ein, warum es bei uns auch so zugehen soll wie dort, wo die Frauen noch immer nichts für sich beanspruchen als Arbeit und nochmals Arbeit.« Das sieht meine Mutter nicht ein, und das sehe ich ein, und mein Vater sieht nicht ein, was meine Mutter eigentlich will. Heute hat sie wieder ihren schlechten Tag, da verrückt sie die Welt dorthin, wo sie nicht hingehört. »Kannst du dein Denken nicht besser im Zaum halten? Das Jetzt bleibt im Jetzt, mach deine Arbeit, wie es sich gehört, und du wirst sehen, das verweht dir deine zu trüben Ansichten.« Was mein Vater sagt, sehe ich auch wieder ein, das wiederum sieht meine Mutter nicht so und wird nur noch wütender. »Kannst du mich niemals ernst nehmen, in dem, was ich dir sage?«, sagt sie, und mein Vater sagt, »kannst du niemals zuhören, was ich dir antworte, du kommst dir vor wie die Ärmste der Armen, dabei ist nur dein Denken arm und sonst nichts.« Warum soll das Denken meiner Mutter arm sein, wenn sie sich beschwert über zu viel Arbeit? Meine Mutter arbeitet auch außer Haus, nicht nur im Haus und um das Haus herum. Mein Vater arbeitet schon lange nicht mehr, er meint, das kann meine Mutter besser, er ist dafür nicht geschaffen, und wenn er dafür nicht geschaffen ist, dann ist sie um so mehr dafür geschaffen, weil das die höheren Gesetze des Lebens sind, über die sich meine Mutter stellen will, indem sie sich beschwert. Als ob er, mein Vater, die höheren Gesetze des Lebens ändern könnte! »Ausreden, nichts als faule Ausreden. Kannst du mir sagen, warum dir die höheren Gesetze zwei kräftige Hände gegeben haben, wenn du sie nie benutzt?« Dann trinkt mein Vater sein fünftes Bier und es wird immer lauter. Ich habe den Religionslehrer im Ohr, Jesus ist hier und überall, er sieht und hört alles. Macht euch keine Sorgen um mich, macht euch Sorgen um euch. Und welche Sorgen ich mir mache, und nicht um Jesus! Erhöre mich, bete ich zu ihm, und meine Eltern schweigen. Und ich laufe hinaus in bunte Wiesen, die Bienen summen, jetzt habe ich keine Sorgen mehr.

Mein Onkel kommt zu Besuch, er ist der Bruder meines Vaters. Schon Tage vorher sind meine Eltern nervös vor Aufregung, und ich mit ihnen, wegen der Geschenke und wegen der Geschichten, die er aus der Ferne mitbringt. Er ist der zweitklügste Mann nach meinem Vater, der wiederum findet, dass er klüger sei, weil er es zu etwas gebracht habe. In einer Hinsicht jedoch sei er selbst der Klügere von beiden, weil er uns habe, und deswegen beneide ihn sein Bruder sicher. Mein Vater beneidet seinen Bruder nicht, er ist eifersüchtig auf ihn. »Nur weil mein Bruder zu Besuch kommt, musst du nicht gleich drei Tage fasten, dir die Haare tönen, statt über Schweinebraten wird über faschiertes Huhn, neu zerlegt, oder über Hasen auf Püreesuche parliert, und das Haus wird gefegt, als käme ein Staatsbesuch oder gar der Papst, das einzige, was noch fehlt, ist der Frisör für die Kaninchen. »Sieh an, sieh an«, so meine Mutter, »ich habe immer gedacht, dass du dich ebenso freust wie ich, dass er kommt, nagt an dir die Eifersucht, die du üblicherweise so gut zu verbergen weißt?« Warum aber sollte mein Vater eifersüchtig sein, er hat ja mich und spürt nur zu gut, dass ich ihn und nicht meinen Onkel heiraten werde. »Dass ich nicht lache, ich und eifersüchtig, das hättest du wohl gern, gleich zwei von meinem Stamm und Blut, schon ich allein bin dir zu viel.« Endlich ist mein Onkel da, und von Bruder zu Bruder wird die beste Flasche Wein getrunken, aus der Küche duftet es wie Weihnachten und Ostern zugleich, wir speisen und endlich beginnt seine Erzählung. Nichts über die Müdigkeit von der langen Reise, nichts über seine Geschäfte, nichts über den Gesundheits- und Geisteszustand von Nichten und Neffen, nein, er spricht über einen Mann, dessen drei Lebensaufgaben darin bestehen, ein Versicherungsmathematiker zu sein, ein Schachspieler wie Zeus auf Erden, und sonst im Gefängnis zu weilen, weil er mit seinem trainierten Talent seine Kunden aus Leidenschaft betrügt. Wie er sagt, aus Leidenschaft deshalb, damit sie aus diesem Betrug für zukünftige Betrüger besser gewappnet hervorgehen. Welch ein Glück für ihn, dass er gerade diesen seinen Freund nennen darf, nicht nur wegen seiner Funktion als Informant für seine eigenen Geldquellen, nicht nur wegen der Schachnovelle, die er auswendig zu zitieren weiß, nicht nur wegen seiner Beobachtung von Gefängnismauern und dem Stück Himmel von seiner Zelle aus, sondern vor allem wegen seiner Klarheit zu allem, was ihm geschieht. Wie ein Dieb ein Dieb zu sein hat und damit die Zahl eins lebt, so hat er den Rhythmus der Zahl drei im Leben darzustellen, damit der, der zu sehen vermag, sieht, wie mathematisch jedes Lebewesen funktioniert; dieser Instinkt ist ihm eingebaut wie der Instinkt zur Vermehrung. Ich habe es gewusst, dass ich mathematischen Instinkt besitze, warum nur meine Lehrerin nicht? Sie müsste meinem Onkel begegnen.

Meine Mutter freut sich, mein Vater ärgert sich. Worüber? Ihre Freundin, die nach der Schule nach Deutschland gegangen ist, um, wie sie meiner Mutter vorträumte, eine Karriere wie ein Mann zu machen, kam wieder einmal in unseren Ort zurück, von wo sie ausgezogen war, um der Enge und Engstirnigkeit zu entkommen. Sie hat alles in die Tat umgesetzt, wovon sie meiner Mutter in der Schulbank und in den Pausen vorgeschwärmt hat. Ihr Status ist Geld, Luxus und kein Mann, dafür ein Kind, das in einem Schweizer Internat aufwächst. Bis zur Direktorin in einem großen Versandhaus hat sie es gebracht. Für meinen Vater besitzt sie gebündelt alle Eigenschaften, die er bei Frauen nicht riechen kann. »Alles nichts als trüber Schein, perfekte Imitation, teuer und ohne Inhalt, lass dich doch nicht dermaßen blenden«, sagt mein Vater. Für meine Mutter hingegen ist sie eine Frau von beneidenswerter Eleganz, einer Selbstsicherheit und einem Auftreten, um das sie sogar mancher Mann beneidet, ja, so wollte meine Mutter auch immer werden. Das ärgert meinen Vater. Einmal hat er meiner Mutter sogar verboten, den Namen ihrer Freundin in seiner Gegenwart noch einmal zu erwähnen, weil sich meine Mutter ihr gegenüber dermaßen klein gemacht hat, dass es meinem Vater zuviel geworden ist. »Geh doch nicht in Konkurrenz mit ihr, bleib du bei deinen Vorteilen, die dir geschenkt worden sind, und genieße das, was ihre Vorteile dir zu bieten haben, mir hat sie nämlich keine zu schenken.« Mir schon, denn ich bin immer froh, dass meine Mutter und nicht sie mich geboren hat und sie mir etwas mitbringt. Mein Vater hat recht, lustig ist sie nicht, meine Mutter hat recht, sie zeigt es den Männern. »Dein Vater hat lediglich Angst, ich könnte über die Gespräche in eine kleine Palastrevolution hineinrutschen, und dann wäre es zuende mit seinem friedlichen Paschatum«, sagt meine Mutter. »Ja, und mit deiner Großzügigkeit wäre es dann auch vorbei. Gibt es dir kein schönes Gefühl, dass du dich mir so großzügig zeigst? Was wäre, wenn du gerade die beste deiner Eigenschaften aufgibst, um selbstgerecht zu werden wie sie? Wäre es dir lieber, du hättest mich nicht? Was glaubst du, warum sie nie einen Mann gefunden hat, der bei ihr geblieben ist? Weil diese Frau kein Mann auf Dauer erträgt, mit ihren Launen und ihrer Egozentrik, als sei sie der Mittelpunkt der Erde«, so mein Vater. Ja, das ist wahr, dafür hat sie aber meine Mutter als ihre ferne beste Freundin und das ist viel. Ich möchte alles haben, einen Mann wie meinen Vater, eine Freundin wie meine Mutter, und ich eine Direktorin, aber nicht in einem Versandhaus in Deutschland, sondern in einem Modesalon in Paris.

»Heute ist ein besonderer Tag.« »Warum?« frage ich meinen Vater. »Weil ich ihn dazu mache. Ich werde deine Mutter mit einem Gasthausbesuch im Eisernen Kreuz überraschen, es wird Musik gespielt. Du darfst auch mit, morgen ist Sonntag, da kannst du schlafen, bis du nicht mehr schlafen kannst.« Meine Mutter sieht wie eine große Ballkönigin aus und ich wie eine kleine, und mein Vater wie ein Kellner mit Krawatte. »Heute, weil ein besonderer Tag ist, könnt ihr bestellen, was ihr wollt, ohne auf den Preis zu achten, ich habe Geld verdient.« Meine Mutter hat rote Wangen vor guter Laune, sie denkt sich, ›so schlecht habe ich es doch nicht mit ihm, wenn er nur will, kann er auch arbeiten, nur nicht regelmäßig, aber alles kann niemand haben. Meine Freundin sieht ihn als zu faul, für ihre Maßstäbe stimmt das schon, aber wäre er nicht er, könnte er auch nicht aus einem normalen Samstag einen besonderen zaubern.‹ Sie bestellt sich als Vorspeise ein russisches Ei, dann einen gefüllten Kalbsbraten, die Nachspeise weiß sie auch schon, bestellen will sie diese aber erst später. Wie gut, der Stoff des Kleides meiner Mutter ist elastisch, das hat sie sich wohl überlegt wegen der Figur, auf die sie heute aber nicht zu achten gedenkt, was meinen Vater freut. Während des Essens kommt sogar der Wirt persönlich an den Tisch und begrüßt uns so, wie es sich für Gäste gehört. »Nach dem Essen wagen wir einen Tanz, und du passt währenddessen auf, dass niemand nach der Handtasche greift«, sagt mein Vater. Wichtige Aufgaben sind mir lieber als ein Tanz, wo sich alles nur dreht. Mein Vater erhebt sich und bittet sie zum Tanz. Wie ein Turnierpaar fegen sie durch Zeit und Raum, die Musik im Einklang mit ihnen. Ich schließe die Augen und tanze mit dem Turnlehrer. Sie kommen zurück und ich bemerke, die Handtasche ist weg. Nun werden meine Wangen rot, aber jetzt aus Scham, und ich schweige. Meine Mutter geht dorthin, wohin kleine und große Mädchen müssen, sie kehrt mit ihrer Handtasche, die sie beim letzten Klogang vergessen hat, und neu bemalten Lippen zurück. Wenn das kein besonderer Samstag ist.

Ich liebe den Religionsunterricht, endlich auch einmal eine Familie, die arm ist wie wir, dagegen sind wir ja noch reich, meine Mutter hat mich in keinem Stall geboren. Und wen hat sich Maria erwählt? Einen Josef, der Name sagt schon alles. Keinen Aristokraten wie der mit den vielen Vornamen, die sich nicht einmal er selbst merken kann. Wenn ein adeliges Kind nach seinem Vornamen gefragt wird, muss es jedesmal in einem kleinen Buch nachschlagen, so viele Ahnen muss es mit sich herumtragen. Da geht es mir schon besser. Ich weiß genau, wann der Religionslehrer mich mahnt, mit nur einem Vornamen, und ich gelassen, wie eine Aristokratin, meine täglichen Sünden abzählen darf. Wie es sich gehört, schon in der Schule, und nicht in der Freizeit. Mein Religionslehrer sagt, »eigentlich sollte man dir den Religionsunterricht verbieten, du bist ja nicht einmal getauft.« Das stimmt, und ich bin froh darüber, sonst würde ich auch wie Jesus mein Ende am Kreuz verbringen müssen. Mein Vater sagt, »mehr Liebe und weniger Kirchen, dann gäbe es weniger Elend.« Auch Jesus hat immer über die Liebe geredet, wie mein Vater. »Liebet eure Feinde wie euch selbst«, das erzählt der Religionslehrer, den ich liebe wie mich selbst, beinahe. Die Maria Magdalena hab ich gern, sie hat auch hinter die Dinge geschaut und viel gesehen. Mit dem heiligen Geist komme ich geistig nicht zurecht, dafür aber füttere ich die Tauben, wenn von meinem Jausenbrot etwas übrig bleibt. Und von allen Aposteln ist mir der Judas der liebste, weil er den Jesus verraten muss, damit er zu seinem Vater in den Himmel kommt. Alle Ungetauften werden in die Hölle müssen, und das auf ewig. Mir ist übel vom vielen Feuer, das an mir brennt, warum gerade ich? Damit die anderen den Himmel umso mehr genießen. Wenn das nicht Liebe ist, was dann. Am Nachhauseweg will meine katholische Freundin auch nicht mehr katholisch sein. »Wie gut«, sagt mein Vater, »dass wir noch unter einem Gesetz leben, das dir den Religionsunterricht nicht verbieten kann.« Das wäre schlimm, dürfte ich meinem geliebten Feind nicht mehr zuhören.

»Die Kobolde sind wieder im Haus«, ruft erschrocken meine Mutter. »Was haben sie nur dieses Mal mit uns vor?« »Es gibt Tage«, sagt mein Vater, »da ist es am besten, man bleibt im Bett, rührt sich nicht von der Stelle und wartet ab.« »Du hast gut reden, kannst du dich erinnern, wie es beim letzten Mal gewesen ist? Damals wie heute habe ich schon beim Aufstehen bemerkt, kein guter Wind weht durch das Haus. Mit der übergelaufenen Milch hat es begonnen, die Katze hat komisch miaut. Die Bettwäsche war von ein paar Socken dunkelgrau verfärbt. Da ist sicher einer von ihnen schon auf meiner Schulter gehockt, um seinen Spaß mit mir zu treiben. Bei der Milch und bei der Bettwäsche hört sich jeder Spaß auf! Als wenn es auch ohne diese kleinen Unholde nicht schon genug zu tun gäbe. Und wenn du mir auch viel vorwerfen kannst, aber kochen, darauf verstehe ich mich, und dann dieser Braten. Schon am Vorabend habe ich ihn mit gutem Zureden und einer Marinade verwöhnt, ich habe die Kuh noch gekannt, bevor sie für uns als Braten vorgesehen war, und dann doch zäh wie zwei Schuhsohlen. Dann noch die Vorladung zum Schuldirektor, weil sich unsere Tochter wieder sowohl in Mathematik als auch in der Religionsstunde daneben benommen hat. Ameisenkolonnen sind durch das Haus marschiert, der Fahrradschlüssel war nicht zu finden, und der Fernseher hat endgültig seinen Dienst verweigert, gerade bei der Folge, die besonders spannend gewesen wäre. Und damit noch nicht genug. Als Höhepunkt hat ein Betrunkener mit seinem Auto unseren Garten besucht.« »Warum du dich über jede Kleinigkeit nur so aufregen musst, das ist doch noch lange kein Unglück«, sagt mein Vater, »freu dich doch lieber, wie gut wir es mit unseren Kobolden getroffen haben, die könnten auch ganz anders«, und legt sich wieder ins Bett. Meine Mutter weint, und wie sie sagt, weint sie aus Erleichterung. »Komm, leg dich zu mir ins Bett und wir überlassen den Kobolden für heute das Feld.« Nichts geschieht und die Katze miaut wie üblich.

Das Meer, zum ersten Mal werde ich mit meinen eigenen Augen, leibhaftig ich, mit meinen Eltern und meiner Tante dazu, ans Meer reisen. Wie das Wort ›Italien‹ auf meiner Zunge zergeht, wie ein Gelato. Mein Vater sagt, in ein Land reisen und die Landessprache nicht verstehen, da kann er gleich vor dem Fernseher bleiben, der spricht nur deutsch. Ich erinnere mich an eine Erzählung von meinem Onkel, der einen Dichter verehrte, der dreißig verschiedene Grammatiken beherrschte. Schon in meinem Alter hat er auf dem Dachboden mit seiner Liebe zur Sprache und Aussprache begonnen. »Zuerst kommt die Grammatik und dann kommt die richtige Aussprache, ein falsches Aussprechen ist wie ein falsch gesungenes Lied.« Russisch, Ungarisch, Finnisch, Dänisch, Schwedisch, Japanisch, Chinesisch, Rumänisch, Spanisch, Türkisch, Neugriechisch, Arabisch, Hebräisch und was es sonst noch für Sprachen bis dreißig gibt, die hat er alle wie ein inneres Lexikon in seinem Kopf gehabt. Mein Onkel ist mit ihm einmal in Prag gewesen, dort hat er eine Woche lang nur eine Speise gegessen, weil er den Namen dieser Speise so einwandfrei aussprechen konnte, dass der Kellner nie erfahren hat, dass er kein Tscheche und überhaupt zum ersten Mal in diesem Land war. Wie bei mir. Ich werde auch nur Gelato essen, und meine Eltern werden es erlauben, denn was ein Dichter darf, darf ich auch. Ja, morgen ist es soweit, mein Vater sagt, ganz früh, wegen der Hitze, und wenn alle noch schlafen. Sie haben noch viel zu tun. Mein Vater ist Herr über das Zelt, meine Mutter wie immer zuständig für die Küche, sie hat viele Konserven gekauft – »kochen muss ich ja das ganze Jahr, einmal will ich es mir auch gut gehen lassen« –, sogar Papierteller hat sie gekauft, zum nur einmaligen Gebrauch, damit auch ihre Hände auf Urlaub in Italien sind, und meine Tante ist dafür zuständig, nicht ihren Koffer zu vergessen. Wie voriges Jahr ihren Rucksack, da waren wir in den Bergen. Zu meinem damaligen Glück. Meine Tante und ich sind vor und in der Hütte geblieben, meine Eltern haben sich die Berge hinauf und hinunter gequält. Ich habe meine

Tante gern. Auch ich vergesse viel, am liebsten die Schultasche. Den Bikini werde ich sicher nicht vergessen, das Wörterbuch schon gar nicht, ob ich heute einschlafen werde können, und das noch dazu italienisch?

»Im Zelt und auch vor dem Zelt leuchtet die Hitze Italiens«, sagt meine Tante, die sich mit meiner Mutter den Rang der Strandschönsten teilt, indem sie sich mit Sonnenhut und Farbenpracht so geschickt schmückt, dass sogar Italienerinnen neidvoll blicken, was vorteilhafte und figurbetonte Badekleidung betrifft. Ein Kettchen hier, ein Kettchen da, alles glitzert wie die Oberfläche des Wassers, in das meine Tante sich weigert zu gehen. Sie sagt, das Salz schade ihrer Haut, ich sage, sie kann nicht schwimmen und fürchtet sich vor jeder Welle. Meine Tante tut nie, was andere tun, am Berg ruht sie, am Strand ruht sie, und auch wenn sie weder am Berg noch am Strand ist, ruht sie. »Sieh nur, wie sich alle ununterbrochen abmühen, sogar am Strand kennen sie nur ein kurzes Ausrasten vom vielen Schwimmen und dem Vergnügen Nachjagen, genau so wie unsere Urahnen dem Wild nachgejagt sind. Wozu gibt es überhaupt Evolution, wenn der Mensch sich doch niemals ändert. Was meinst du, warum der Mensch begonnen hat, sich eine Geometrie zu erfinden, in der sich die Parallelen im Unendlichen begegnen, wozu gibt es die Welle, die ein Teilchen ist, und wozu den Ehemann, der zur gleichen Zeit ein treuer wie auch ein untreuer Mann ist, wenn sich im praktischen Dasein bei all der veränderten Theorie nichts ändert. Was meinst du, warum nur erfinden und zerbrechen sich die gescheitesten Köpfe ihren Verstand, nur damit wir noch mehr arbeiten als in der Frühindustrie, damals, als sogar Kinder in der Fabrik arbeiten haben müssen, und zwar so viel, dass vor lauter Überproduktion die Arbeitskraft nichts mehr wert gewesen ist. Das ist Ausbeutung, und ich lasse nicht zu, dass ein Ausbeuter entstehen kann, indem ich mich ausbeuten lasse. Vergiss nicht, heute schafft eine Fabrik durch die Maschine allein, was früher Tausende von Händen nicht geschafft hätten. Und diese Evolution verfolgt keinen anderen Zweck, als uns gebückt auf der Erde zu halten, ohne den Himmel mit seinen Wundern erkunden zu können. Ich denke mir das so, zuerst waren wir alle Jäger und Sammler, dann haben wir es mit der Angst zu tun bekommen und haben uns Mächtige auf Erden stellvertretend für den Himmel erwählt, ein Opfer, und wieder ein Opfer, dann ist die Technik gekommen und mit ihr die Zertrümmerung des Horizonts, und jetzt erfinden wir ihn uns neu, weil wir nicht mehr abgelenkt sind durch Arbeit und Bewegung. Ich werde so lange ruhen, bis ich wieder dorthin zurückkehre, von wo ich hergekommen bin«, sagt meine Tante. Sie ist die Schwester meiner Mutter, der gerechte Ausgleich zum Bruder meines Vaters.

Auch in Italien ist meine Mutter das Gegenteil meiner Tante. Diese ruht und spricht als Frau wie mein Vater als Mann. Meine Mutter hat mir oft erzählt, dass sie sich nie ein Leben ohne ihre Schwester hat auch nur vorstellen können, denn so verschieden die beiden auch waren und sein werden, so vollkommen verbunden fühlt sie sich seit der Geburt ihrer Schwester mit ihr. Jedenfalls, eines haben beide gemeinsam, sie schmücken sich für ihr Leben gern, wie zwei Pfauen, die ihre glänzenden Räder der Sonne zeigen. Meine Mutter hat einen dunklen Teint, sie liebt das Salz auf ihrer Haut und die prallen Strahlen auf dem Bauch, meine Tante bewegt sich nur im Schatten wegen ihrer hellen Haut und wegen der vielen Mühe, die ihr die Sonne macht. Auch in den Ferien hat meine Mutter immer zu tun, »das viele Herumliegen ist nichts für mich, da könnte ich geradezu melancholisch werden, wie die beiden dabei fröhlich bleiben, ist mir ein ewiges Rätsel«, und öffnet die Konservendose für ein gutes Essen, wobei sie den Inhalt mit ihrer eigenen Kochkunst verfeinert, »essen muss man auch in den Ferien und schmecken soll es gerade in der schönsten Zeit des Jahres.« Dabei summt sie ein Lied mit italienischen Brocken, »das hat mir gestern ein Eisverkäufer beigebracht, ein sehr hübscher junger Mann.« »Dich kann man auch nie allein lassen, wohin du auch kommst, schon wirst du auf das Beste amüsiert, der Fußfetischist wartet ausschließlich auf dich, um dir die Füße zu massieren. Doch damit nicht genug, du setzt dich auch tatsächlich mit ihm in das nächste Café und offerierst ihm dein linkes Bein«, sagt mein Vater. »Wie streng du wieder bist«, sagt meine Mutter, »warum soll man Menschen keine kleine Freude bereiten, die ihnen gut tut, und die mir kein Bein krümmen.« Meine Tante sagt, sie darf tun, was andere nicht tun dürfen, sie hat einen besonderen Schutzengel um sich. Das tröstet mich, denn beinahe hätte ich es mit der Angst zu tun bekommen, so jung ich nämlich bin, so weiß ich trotzdem, dass es auch reißende Wölfe gibt und nicht nur harmlose Fußjäger. Und ich bin dankbar, dass sich die immerwährende Erzählung fortsetzt bis in das Land der Zitronen und dass ich mit meiner Mutter nach dem Essen in den Wellen, die noch keine Teilchen sind, schwimmen gehen werde, weil das die Verdauung anregt, und mit vollem Magen es sich leichter bewegungslos auf der Oberfläche dahingleiten lässt. Wie sie sagt, können auch wir beide faul auf dem Rücken liegen, wir auf dem Meer, meine Tante und mein Vater auf der bewegungslosen Erde.

»Es gibt keinen Zufall«, sagt mein Vater, »denn wie das Schicksal so spielt, habe ich soeben einen Euromillionär kennengelernt. Ich habe sofort gespürt, das wird der zukünftige Mann deiner Schwester, ich habe ihn gesehen und gewusst, das ist er, der passt zu ihr wie auch zu uns.« »Wie kommst du nur bei einem wildfremden Mann auf die Idee, das könnte der Richtige für meine Schwester sein?«, fragt meine Mutter. »Das ist ganz einfach, meine Intuition hat mich noch nie betrogen, auf sie kann ich mich verlassen wie auf dich. Bedenke, auch wenn deine Schwester sehr gut allein auf ihren Beinen steht, so hat auch sie ihre Sehnsucht, die nach Erfüllung verlangt. Und wählerisch, wie sie ist, braucht sie einen Mann, der sie nicht nur auf Händen trägt, sondern auch monetär das nötige Kleingeld zu bieten hat, damit sie ihre Aufgabe, die ihr von oben zugeschrieben worden ist, auch leben kann.« »Da hast du recht, das Arbeiten ist ihr nicht in die Wiege gelegt worden, dafür hat sie Gedanken, womit sie jeden Mann, der Gedanken liebt, verwöhnen kann. Und gerade ein Millionär braucht Abwechslung, wenn er erschöpft von den vielen Börsenkursen nach Hause wankt, um dann von den realen Zahlen in leichtere Ebenen entführt zu werden.« »Ich habe ihn für morgen zum Essen eingeladen, deiner Schwester sagen wir lieber nichts, sonst verdirbt sie uns mit ihrer Nervosität noch den heutigen Tag. Ich bitte dich, du öffnest morgen die beste Dose Szegedinergulasch, das passt gut zu Moretti und unserer gewohnten Lebensart. Schließlich wollen wir dem Herrn nichts von unserer Kultur verbergen, entweder er passt oder er passt eben nicht. Ein Mann, der mit Szegedinergulasch nichts anzufangen weiß, weiß auch mit deiner Schwester nichts anzufangen, so einfach ist das.« Und schon ist morgen. Ein Mann mit Schnurrbart und leichtem Bauch stellt sich vor unser Zelt und begrüßt jeden einzelnen mit den Worten: »Gestatten, dass ich mich vorstelle, Dr. Hirsch mein Name, ich habe im Lotto gewonnen und suche nun eine Frau, die mit mir das Geld gerecht verteilt.« Er sieht meine rundum geglückte Tante, seine Augen leuchten, ihre Augen leuchten, und sie sagt, »gern, lieber Dr. Hirsch, darauf verstehe ich mich nur zu gut. Geld muss gerecht verteilt werden, nicht verschenkt, und das bedeutet Arbeit. Ich kaufe prinzipiell nur in Geschäften, wo es um das Geschäft schlecht steht, das bedeutet lange Beobachtung und exakte Recherche.« »Sie sprechen mir aus der Seele, und ein so gutes Szegedinergulasch habe ich zuletzt bei meiner Mutter gegessen.« Es scheint, mein Vater hat Recht mit seiner Intuition, wir sehen gemeinsam der Sonne bei ihrem Untergang zu und meiner Tante bei ihrem Aufstieg.

Dieser noch etwas fremde Mann hat eine hervorragende Eigenschaft. Er ist sehr großzügig, und das nicht nur zu meiner Tante. Meinem Vater hat er einen Borsalino gekauft, damit sieht er aus wie ein eleganter Mann, und meiner Mutter und mir ein Kleid. Ihres ist grün und meines ist rot, der Stoff und der Schnitt sind gleich, meines ist um drei Größen kleiner und unterscheidet sich noch durch einen großen Gelato-Fleck, den ich mir beim Eisverkäufer eingehandelt habe. Und damit meine Tante nicht ganz zu kurz kommt, erstrahlen an ihren Ohren zwei Diamanten, die wegen ihrer Größe wie Strass aussehen. Ich fürchte, wenn er in diesem Tempo weiterhin so spendabel bleibt, wird es bald Platzprobleme am Hals und an den Händen meiner Tante geben. »Gold macht alt«, sagt sie, und außerdem sind Diamanten klein, aber teuer.« Sie strahlt mehr und mehr und meint, »ihr habt es gut, ihr könnt die Diamanten immer sehen, ich hingegen nur, wenn ich mich im Spiegel betrachte, und das ist selten genug.« Jetzt trinken wir auf unser aller Wohl ein Glas Champagner, und es ist mir, als wäre ich eine kleine bourgeoise Französin, mein Vater sagt, da bleibe er schon lieber beim Bier. Wir blühen auf, der Alkohol zeigt uns seine schönste Seite, mein Vater bestellt sein drittes Krügel. »Wie wäre es, wollt ihr nicht euer Zelt abbrechen und zu mir in das Bellevue ziehen?«, fragt uns Dr. Hirsch. Wir antworten alle in einem Ton, da solle er schon lieber zu uns ins Zelt ziehen, eine Luftmatratze ist schnell gekauft. »Ja, wenn das so ist, dann treffen wir uns vor dem Zelt«, und er äußert den Wunsch, ob meine Mutter nicht noch einmal Szegedinergulasch für ihn kochen könne. Von Herzen gern, sagt sie und erzählt, welchen Schweinebraten sie für ihn bei uns zuhause zaubern werde, da sehe ich den Knoblauch und den Kümmel in seinen vor Esslust schmatzenden Augen. »Und nach dem Essen wird eine Partie Räuberrommé gespielt, da werden wir dann prüfen, wem das Glück lacht«, sagt mein Vater, und ich übe mich ein in den Begriff Amore, im Singular wie auch im Plural.

Es ist schön, wir fühlen uns wohl mit unserem neuen Familienmitglied, den wir jetzt nur noch Adolf nennen, das ist sein Vorname. Ihm gefällt es in der Zeltstadt auch besser als im vornehmen Hotel, Komfort gibt es dort natürlich mehr, aber den tauscht er gern und mit ihm die Langeweile, wie er sagt. Die meiste Zeit verbringen wir damit, hier in Italien über die Zukunft der beiden beinahe schon Verlobten zu sprechen, wo sie sich häuslich niederlassen werden, ob Kinder geplant sind oder lieber nicht, wenn ja, wird geheiratet, wenn nein, wird nicht geheiratet, denn beide behaupten, das halte ihre Liebe frisch wie am ersten Tag. Meine Eltern versuchen mit aller Überzeugungskraft, die sie haben, sie zu einem Hauskauf in unserem Ort zu bewegen, »meine Schwester, dann könnten wir uns täglich sehen, und wie mir scheint, verträgt sich doch auch dein Adolf mit meinem Mann auf das Beste.« Und klug wie sie sind, locken sie mit der schönsten Natur, denn der Zukünftige meiner Tante ist Schmetterlingsexperte und zeichnet ihr mit Genauigkeit und Akribie unzählige Zitronenfalter von hellgelb bis ocker auf das Papier, sie liebt ihn von Schmetterling zu Schmetterling mehr. Inspiriert von so viel Zuneigung beginnen auch meine Eltern sich wie auf der Hochzeitsreise zu benehmen, und bei all dem Geflüster denke ich an nichts als an den blonden Jungen vom Zelt neben uns. Welche Wimpern er doch hat, und wie gut er es versteht, mit dem Surfbrett auf den Wellen zu reiten, seitdem bin ich noch lieber am Meer, um ihn dahingleiten zu sehen. Gesprochen haben wir miteinander noch nicht, vielleicht ist er schüchtern, oder vielleicht gefällt ihm kein Mädchen, wie ich eines bin. Soll ich morgen in sein Surfbrett schwimmen, damit er mit mir spricht? Nein, das geht nicht, da würde ich mir vielleicht eine Beule holen, und dann denkt er zurecht, ›dieses Mädchen und so eine hässliche Beule, die gefällt mir nicht.‹ Oder soll ich einfach zu ihm hingehen und fragen, ob er auch Italienisch kann? Wenn nicht, kann ich ihn einladen zum Eisverkäufer, dafür gibt mir mein Vater sicher Geld, und er wird darüber staunen, wie gut ich ›gelato‹ ausspreche. Das beste wäre, ich bitte meine Eltern, die Familie vom Zelt neben uns zum Essen einzuladen, nur haben wir nicht genügend Sessel, der Tisch ist auch eindeutig zu klein, wie sieht das denn aus? Wie mir scheint, sind seine Eltern etwas hochnäsig, wenn die nur wüssten, dass mein zukünftiger Onkel ein Euromillionär ist, wäre es mit ihrem Naserümpfen schnell vorbei. Dieser wunderbare Junge und diese Eltern, wie arm er doch ist. Sicher haben sie es ihm verboten, mit mir zu sprechen, keine anderen Mädchen, nein, seine Eltern sind schuld an meinem Unglück.

Jetzt, wo die Ferien bald zu Ende sind, habe ich meinen anbetungswürdigen Schwarm vom Zelt nebenan doch noch kennengelernt. Wie das zustande gekommen ist? Ganz einfach, wir waren Pizza essen, auch wir wollen die landeseigene Küche kennenlernen. Der Tisch neben uns ist frei, und wer kommt in die Trattoria? Die Hochnäsigen und der Grund meiner pochenden Kehle. Der Vater ist Mittelschulprofessor, und dazu unterrichtet er noch Italienisch an der Volkshochschule, wie gut, dass ich ihn auf kein Eis eingeladen habe, seine Mutter ist Lehrerin, wie aufregend, ich lerne in den Ferien eine Lehrerin in einem italienischen Gasthaus kennen, sie hat zwar keine so hübsche Bluse an wie meine Lehrerin, aber hochmütig sind sie beide nicht, jetzt, wo ich in seine blauen Augen schaue. Er hat einen leichten Sprachfehler, und vergesslich ist er wie meine Tante und ich. Seine Mutter erzählt, dass sie ihn sogar an das Surfbrett erinnern muss, denn ohne falle es ihm schwer, auf den Wellen zu reiten. Wenn wir wieder zuhause sind, werden wir uns schreiben. Bestimmt hätte er mich nicht mehr so gern, wenn ich keine elektronische Adresse hätte, dann müsste er mich für eine Tansanierin halten, die zwar in gesunder jedoch unerreichbarer Luft lebt, oder für ein altmodisches Mädchen, das mit ihren Eltern hier in Europa wie noch im vorigen Jahrhundert lebt. Was mache ich nur, wenn er mich fragt, ob ich morgen mit ihm auf dem Surfbrett die Wellen besiege? Warum nur haben meine unsportlichen Eltern mir das nie beigebracht, wo ich diese Wassergymnastik jetzt so dringend nötig hätte. Aber nein, ihnen ist es vollkommen egal, weil sie immer nur an sich denken und nie daran, dass jederzeit die Möglichkeit besteht, dass ich mich in einen Jungen verliebe, der reiten kann, auf Wellen. Was mache ich nur, wenn er auch auf Pferden reitet? Das kann ich schon wieder nicht, meine Eltern, was machen sie nur den ganzen lieben Tag, reden und reden, aber vergessen dabei Brett und Pferd. Ihnen kann das egal sein, aber mir, was werde ich nur tun, wenn er mich bittet, dass wir uns morgen von Pferd zu Pferd unterhalten? Und was mache ich mit meinen linken Beinen, wenn er mich morgen bittet, mit ihm Fußball zu spielen, er der Stürmer und ich sein Tormann? Und was mache ich mit meinen linken Händen, wenn er mich bittet, morgen mit ihm bei einem Volleyballmatch mitzumachen, er braucht einen starken Partner, weil er noch eine Rechnung mit seinen Gegnern zu begleichen hat? Wie können meine Eltern nur so egoistisch sein, ihnen sind meine linken Beine und meine linken Arme egal, ja, ich bin ihnen egal, sie sagen, sie mögen mich so wie ich bin, anstatt mit mir zu üben, täglich, stündlich, damit ich ihm nicht egal bin. Ich hätte viel lieber seine Eltern. Ich spüre, wie mir das Fieber förmlich von unten nach oben kriecht, meine Mutter sagt, »mein Kind, du hast ja ganz glühende Wangen, du gehörst sofort ins Bett.« So wird er niemals erfahren, was ich alles nicht kann, und schreiben werde ich können, was ich alles kann.

Welches Pech ich doch habe, das kann nur mir passieren. Meine erste Liebe, Ferien, Italien, Strand, Hitze, und ich, ich liege bewegungslos im Zelt und habe Fieber wie bei einem Malariaanfall. Diese Angst, sie könnten schon fort sein, bevor ich wieder gesund bin, besuchen darf er mich unter keinen Umständen, nein, das will ich nicht, dass er mich ungekämmt sieht, ich erinnere mich, wie meine Tante meine Mutter gewarnt hat, sich nie ungekämmt einem Mann zu zeigen, auch nicht dem Ehemann, das lässt die Erotik verkommen, genau so hat sie es gesagt, und auch wenn ich nicht so recht weiß, was das genau bedeutet, so weiß ich doch, meine Tante hat recht, sie ist eine Zauberin, die Männerherzen höher schlagen lässt, das möchte ich auch. Wie Adolf meine Tante, so soll er mich verehren, kaufen muss er mir nichts, woher soll er auch das Geld nehmen, stehlen von seinen Eltern, das erlaube ich nicht, welche Schwierigkeiten könnten da entstehen, nein, mir genügt, wenn er sagt, ich bin ihm die liebste von allen, besser als ich kann keine sein. Hoffentlich sind seine Eltern mit seiner Wahl einverstanden, sonst gehen wir fort, auch wenn ich meine Eltern jetzt nicht mehr gegen seine Eltern eintauschen möchte, schwer würde der Abschied von ihnen schon sein, aber sie müssen einfach verstehen, dass es sein muss, weil seine Eltern nicht einverstanden mit mir sind. Vielleicht sind sie doch einverstanden, wenn mein Vater mit ihnen gesprochen hat. Dann müssen wir nicht von Zuhause fort, dann bleiben wir, da habe ich eine Sorge weniger, das wollen seine Eltern sicher auch nicht, dass sie ihn verlieren, nur weil sie mich nicht mögen, ›überleg dir, nicht einmal gesund kann sie bleiben, wie krank wird sie erst sein, wenn die Schule wieder beginnt, und so eine soll deine Wahl sein, wir müssen dich warnen vor ihr, die Konsequenzen hast nur du zu tragen, und in der Schule werden sie dich fragen, was, du hast dich in ein Mädchen verliebt, das auch im Sommer zu Fieber neigt, mit so einer kann man ja nicht einmal heimlich rauchen, das würde die nur mit Husten beantworten und sie noch kranker machen. Kannst du keine finden, mit der man auch etwas unternehmen kann, und nicht eine wie eine Siebentagefliege am siebenten Tag im Zelt, so eine wäre keine für mich, nur weil du einen Sprachfehler hast …‹ Was er nur gerade macht? Vielleicht spricht er gerade mit einer anderen und lädt sie für morgen zum Eisessen ein, während ich hier beinahe verdurste, oder noch schlimmer, er küsst sie gerade. Ein Arzt kommt, er diagnostiziert eine Sommergrippe, kein Grund zur Besorgnis, und in drei Tagen fahren wir nach Hause.

»Einmal geht alles zu Ende«, sagt mein Vater, »auch die schönsten Tage muss man loslassen können, so schwer uns das auch fallen mag. Eines ist sicher, auch wenn sie vorbei sind, bleiben sie doch in unserer Erinnerung, die kann uns niemand nehmen, außer ein Ziegel vom Dach trifft gerade einen von uns, aber das werden wir zu vermeiden wissen.« »Wie recht du hast«, sagt Adolf, »diese Tage kann uns niemand mehr nehmen, sie sind zwar vorbei, aber genommen können sie uns nicht mehr werden, weil sie ja geworden sind, und meine Liebe kann mir auch nicht mehr genommen werden.« »Im Gegensatz zum Leben, das von Tag zu Tag begrenzter wird, wird die Liebe von Tag zu Tag mehr, und man muss sie zulassen, wie man die Tage loslassen muss, die Vergangenheit muss auch wieder vergessen werden, um Gegenwart zu leben«, sagt meine Tante. »Hätte ich nicht immer wieder die Vergangenheit auch vergessen können, dann wären wir heute bestimmt schon geschieden, wirkliches Verzeihen ist wirkliches Vergessen, geradeso, als wenn es nicht passiert wäre«, sagt meine Mutter. »Diese Gedanken weht uns der Wind vom Meer und lässt uns eine vergangene Zeit ahnen, als ein Baum noch ein Baum gewesen ist, und die Natur das Zuhause von Göttern. Wie oft wird unser Sehen und unser Fühlen doch über die Vorstellung, wie es sein sollte, verzerrt, wir sind aber hier, um das was ist, ohne wenn und aber, sehen und genießen zu lernen, wie verrückt das auch klingen mag, wenn mich gerade ein heftiger Kopfschmerz plagt«, sagt meine Tante. »Ich habe bei einem Mystiker gelesen, die Ewigkeit liegt im jeweiligen Moment wie die unendliche Anzahl von Punkten in einer Geraden. Das leuchtet mir ein, wenn ich an eine Gerade denke, wo fängt der Punkt an, wo hört er auf, wann fängt eine Sekunde an, wann hört sie auf. Diese eine Frage schon beinhaltet die Ewigkeit und das Universum in sich«, antwortet Adolf. »Hören wir auf mit dem Sinnieren, es gibt auch noch die leeren Mägen, die ich jetzt mit Köstlichkeiten aus dem Meer zu füllen gedenke, endlich, die Ferien von meiner Kochkunst sind wieder vorbei;

mein werter Mann, du bist zuständig für die richtige Hitze der Holzkohle; Adolf, du bist zuständig für die richtige Kälte bei den Getränken, und du, meine Schwester, erzählst deiner noch etwas lädierten Nichte eine deiner Besonderheiten und Gegebenheiten aus deinem Leben, und ich widme mich den Krebsen, Muscheln, Sardinen und Tintenfischen auf meine mir eigene Art«, sagt meine Mutter. Und ich sage mir die ganze Zeit, diese Probleme und diese Kochsorgen möchte ich alle auf einmal haben, was ist das schon gegen den Schmerz, den ich empfinde, weil er fort ist, bestimmt für ewig.

»Das wirklich Wichtige im Leben ist, das Unverrückbare anzunehmen«, sagt meine Tante. Was das bedeutet? »Wir mit unserem Verstand wollen die Gegenwart formen nach unserem Gutdünken, wie jeder meint, so wäre es ihm recht, anstatt das, was unveränderbar ist, und jeder gelebte Moment ist es, so anzunehmen, wie es ist. Wir haben nicht nur den Verstand, hinter dem Verstand liegt noch ein Bewusstsein, das mehr ist als unser Verstand«, sagt sie. Ich habe von diesem anderen Bewusstsein nie etwas bemerkt, und sie fragt mich, ob ich noch nie meinen Verstand vergessen hätte. Wie oft ich das getan habe, meistens habe ich ihn in der Schultasche versteckt, trotzdem, das andere Bewusstsein ist mir neu. »Überleg dir, wenn du gar nichts denkst, kann es dir dann schlecht gehen?« Ich denke an meinen Freund, und meistens geht es mir dabei miserabel, außer ich habe gerade Post bekommen, dann geht es mir blendend. »Siehst du, was ich meine? Wenn du denkst, dann geht es dir schlecht, und das sind nichts als Vorstellungen. Du meinst jedoch von deinen Gedanken, die dich in die Irre führen, das sei die Realität, und wenn es dir blendend geht, dann, weil ein anderer, wer immer oder was immer das auch sein mag, dir zu deiner guten Laune verhilft. Die schlechten Gedanken schenkst du dir selbst, die Enttäuschungen schenken dir die anderen, und du kannst sicher sein, das bleibt so dein ganzes Leben. Sieh mich an, ich habe mir nie etwas erwartet, die Liebe ist trotzdem gekommen, ich nehme sie gern an, ich lasse sie auch wieder ziehen, nur wird sie mir gerade deswegen dauerhaft bleiben, weil ich nicht mit dem Verstand liebe, sondern aus meinem anderen Bewusstsein heraus. Alles, was du mit dem Verstand betrachtest, entkommt nicht der Dialektik, gehst du jedoch hinter den Verstand, indem du deinen eigenen Verstand und was er alles tut, beobachtest, wirst du merken können, welche Fallen du dir selbst mit deinem Verstand stellst, und nur allzu gern bedient jeder, wie der Hamster sein Rad, diese Tretmühle. Und was hast du davon? Meistens schenkt er dir, dass du in Mathematik sicher wieder einen Fünfer bekommen wirst, zwei Tage Elend, und dann hast du einen Zweier, und mir schenkt er ›warum nur kann niemand meine Arbeit würdigen, bei meinem Aussehen, und niemand sieht mich, wie viele schon wieder auf meinen Geburtstag vergessen haben, sie hat einfach durch mich hindurchgeschaut und mich nicht einmal gegrüßt.‹ So jagt dein Verstand dich von einer Kränkung in die nächste, und was immer er dir auch zu sagen hat, niemand wird sich nach ihm richten und die Welt schon gar nicht, die geht ihren Weg, ob er dir passt oder nicht.« Meine Tante kommt von einem anderen Stern, mir wird ganz unheimlich, nur denken darf ich das nicht, sonst wird mir erst recht unheimlich.

Ich möchte alles, nur nicht wie meine Mutter werden, und wie meine Tante noch weniger. Wäre alles nur so wie früher, als ich genau so werden wollte wie meine Mutter und meine Tante. Nicht einmal die Mathematik kann mich zum Lachen bringen. Vielleicht bin ich überhaupt nicht das Kind meiner Eltern, wie oft haben Kinder erst spät erfahren, dass sie adoptiert worden sind. Ähnlich sehe ich weder meiner Mutter noch meinem Vater. Ja, meine Eltern haben keine Kinder bekommen können, sie sind in ein Waisenhaus und haben mich adoptiert, weil sie sofort gemerkt haben, dass ich von sehr vornehmen Eltern abstammen muss, das sieht und riecht man schon an Babys. Das ist auch der Grund, warum ich keine Schwester, warum ich keinen Bruder habe. Vielleicht wollten sie durch mich reich werden? Meine wirklichen Eltern werden mich noch immer verzweifelt suchen, es gibt ja das Unglaubliche – entführtes Kind, die Entführer haben es aber mit der Angst zu tun bekommen, mich ausgesetzt, Waisenhaus, und jetzt warten meine Eltern nur darauf, bis meine Eltern mich gefunden haben und meine Eltern fürstlich entlohnen, verhungern haben sie mich schließlich ja nicht lassen. Verdient haben sie sich das nicht, viel Geld zu bekommen und mich auch noch loszuwerden. Wie kann ich nur so etwas denken, ich hasse mich. Und wenn ich mich noch so hasse, verstehen tu ich sie nicht, wie können sie mir das verbieten, nach Wien zum Konzert zu fahren, ich verstehe einfach nicht, wo meine Eltern noch leben, heute, heute ist alles anders, sie sind so altmodisch, haben sie überhaupt noch nicht verstanden, dass es mir einfach langweilig ist mit ihnen, was wissen die beiden schon vom Leben, so gut wie nichts. Dabei meinen beide in einem Atemzug, dass sie mit mir wie mit einem rohen Ei umgehen, dauernd versuchen sie mich auszufragen, und diese Blicke, wenn ich die schon sehe, sein Blick wie von einem Dackel, ihr Blick wie von einer bettelnden Katze, nicht auszuhalten, diese Blicke. Wenn das meine wirklichen Eltern wüssten. Meine wirkliche Mutter fragt, du siehst so traurig aus, was ist passiert, und schon habe ich eine Zugkarte erster Klasse, natürlich auch für meine Freundin, und übernachten werden wir in dem Hotel, in dem die Musikgruppe übernachten wird, mein Idol, der Sänger, Zimmer zwanzig, meine Freundin und ich Zimmer einundzwanzig, kein Mädchen wird ihm so nahe kommen wie ich, das respektiert sogar meine Freundin, schließlich hat meine wirkliche Mutter sie eingeladen, niemand aus meiner Klasse wird glauben können, dass ich mit dem Sänger zusammen gekommen bin, es hat sich so ergeben, und sonst werde ich schweigen, wie sehr sie mich auch ausfragen werden, beinahe wie meine Eltern. Was werde ich nur meiner Liebe schreiben? Dass er nicht mehr meine Liebe ist, dass er das verstehen muss, weil ich jetzt einen Star liebe? Wie ich mich hasse. Bin ich froh, dass meine Eltern keine Ahnung von mir haben, die wirklichen Eltern sollen bloß bleiben, wo sie sind. Wenn ich mir das überlege, hätte ich mit ihnen noch mehr Scherereien als mit meinen, wie gemein sie doch sind, lassen mich einfach alles machen, was ich will, und bedenken nicht, was mein Freund dann von mir hält.

Die Welt ist groß, die Welt ist weit, bei uns aber hat es immer nur uns gegeben, nie ein Wort über Politik. Ich weiß nicht, ob meine Eltern Schwarze oder Rote sind, vielleicht wählen sie nicht dieselbe Farbe, jeder ist einzeln. Und in der Geschichtsstunde wird ausschließlich von Kriegen und Gräueln berichtet, verbrämt mit Friedensverträgen. Wie kann man nur dreißig Jahre Verwüstung für die Religion erleben, mir ist egal, ob jemand Protestant ist oder nicht, und um die Katholiken kümmere ich mich nicht, sie können mehr essen und saufen, weil sie sündigen dürfen wegen der Beichte. Und dann der erste Weltkrieg. Wieder haben sie alle ihre Köpfe hingehalten. Ich, ich hätte einfach nein gesagt, wie ich bei meinen Eltern einfach nein sage. Ich will nicht verstehen, warum sie nicht nein gesagt haben, meine Geschichtsprofessorin kann es mir gleich wenig erklären wie der Religionslehrer mit seinem auferstandenen Jesus, sich hingeben und dann auffahren, wie jeder Soldat. Würde mein Vater mich verlassen, wenn ihn das Vaterland ruft? Lieber einen toten Vater als einen, der in die Schlacht gegangen wäre. Nein, das hätte ich ihm nie verziehen, dass er am Strang endet. Und dann der zweite Weltkrieg. Ob jemand aus meiner Klasse oder wir alle auch so grausam werden? Ich sitze hier im Unterricht, und alle, alle sind tot, mir wird so eng, ich kann beschwören, weder mein Vater noch meine Mutter haben Eltern gehabt, die Juden vertrieben haben. Ich bin neu und mache alles neu. Die Geschichte geht mich nichts an. Ich will nicht so werden wie die Menschen aus der Vergangenheit, die nicht meine Vergangenheit ist. Mein Vater und meine Mutter erfinden sie neu für mich, eine Welt ohne Geschichte, weil sie wissen, so eine Welt, mit so viel Geschichte, die nichts als Schmerzen zu bieten hat, ist nichts für mich.

Mein Vater sagt, würde jeder seinen inneren Krieg erkennen und damit umzugehen lernen, dann bräuchten wir keine Waffen mehr. Wie stellt er sich das vor? »Die Lebenssituation ist etwas anderes als das Leben, und wir sind nicht nur unser Ich. Überleg dir, das Ich erlebt keine Sättigung, es will nichts als mehr und mehr, das wirst du sicher an dir selbst beobachtet haben«, und wie. Von Tag zu Tag will ich mehr, je größer ich werde. Mein Körper ist mir fremd, die Unsicherheit wächst, und ich frage mich, warum habe ich gerade diese und nicht andere Eltern. Das ist entsetzlich, mein Ich wächst und wächst und will immer mehr, wohin wird es mich führen? Und dann noch die Aussicht, dass ein anderes womöglich stärker ist als mein Ich, und dann bin ich groß und wir werden alle gegeneinander Krieg führen. Ich bin gar nicht so neu, ich bin wie die vorigen, die vor mir gewesen sind. Es muss einen Ausweg geben. Was hat meine Mutter getan, damit sie doch nicht Krieg führen musste, obwohl ihr Ich nie satt geworden ist? Ich weiß nicht warum, aber keine Zeile mehr möchte ich ihm schreiben, mir fällt nichts ein, was ich ihm schreiben könnte, warum nur fällt ihm so viel ein, hat er kein Ich, das immer mehr will? Er mit seinem kindischen Ich geht mir auf die Nerven, seine Weigerung, Probleme mit sich zu haben, er ist zu jung, einfach nicht reif genug, um mich zu verstehen, denn was ich ihm zu schreiben hätte, wäre Bahnhof für ihn. Er mit seiner Vergnügungssucht, Strand und Meer inklusive Wellenritt und Eissalon, er will nicht einsehen, dass mich das langweilt. Wie oberflächlich er ist, und das bei einem Vater, der Mittelschulprofessor ist. Wie man sich doch täuschen kann. Nie soll man von Eltern auf ihre Kinder schließen, das sieht man am besten bei mir. Er hat sich sicher gedacht, die, mit diesen Eltern, die hat sicher beinahe kein Ich. Im Gegenteil, mein Ich wächst und wächst, mein Unglück ist groß wie der höchste Berg, ja, einen Mount Everest trage ich in mir, genügt seine Größe noch nicht, damit er ihn sieht? Wenn mein Ich immer so weiterwächst, sitze ich eines Tages als die einsamste Frau mit einem Meteoriten in mir auf dem Kilimandscharo, weil ich vor allen Menschen flüchten habe müssen. Wer weiß, wieviele Menschen da oben schon sitzen, nicht einmal einsam kann man mehr sein, sogar dort wird es kein Entrinnen geben. Und jeder gegen jeden, weil sie darum kämpfen, mit selbstgehauenen Waffen aus Bäumen, wer das größte Monster von allen in sich herumträgt. Halt, diese Phantasien müssen aufhören, ich habe einfach keine Disziplin, ich nähre mein Ich mehr und mehr gerade mit den Gedanken, die mein Ich sich erschafft. Ganz habe ich noch nicht vergessen, was meine Tante über das Sich-selbst-Fallen-Bauen erzählt hat.

Meine Tante und Adolf haben sich ein kleines Anwesen, von uns zehn Kilometer entfernt, mitten in der freien Natur, gekauft. Uns allen tut das gut, mir besonders. Einmal in der Woche, am Sonntag zu Mittag, sind sie unsere Gäste. Adolf wirkt allmählich rundlicher, weil er bei dieser hervorragenden Küche, wie er jedesmal betont, für drei isst. Und das mit einer Lust, dass mir Hören und Sehen vergeht und es auch mir so gut schmeckt, dass ich auf das Ideal der Bohnenstange vergesse. Er mischt das Messer und die Gabel mit Stäbchen aus Elfenbein, die er aus China mitgebracht hat, dazu noch seine Hände und seine Zunge beim Säubern des Tellers, und am Ende steht dieser Teller wieder so sauber auf dem Tisch, als wäre noch nicht von ihm gegessen worden. Er liebt die leeren Wiesen um sein Haus, hier ist er, ob Sommer, ob Winter, jeden Morgen mit seinem Schmetterlingsnetz laufend wie keuchend unterwegs. Wenn man ihn fragt, warum er das auch im Winter macht, wenn es bestimmt keine Schmetterlinge gibt, gibt er zur Antwort, damit er nie aus der Übung fällt. Jeden Nachmittag fährt mein Vater mit seinem Fahrrad zu Alfred, um Wichtiges zu besprechen, worüber, darüber schweigen beide. Alfred nimmt zu, mein Vater wird mit dem Fahrrad drahtiger. Zur selben Zeit treffen sich meine Mutter und ihre Schwester im einzigen Café, das es in unserem Ort gibt, weil, wie meine Tante sagt, einmal am Tag muss sie in die Öffentlichkeit, sonst wachsen ihr noch Birken aus dem Haar. Diese tägliche Einladung nimmt meine Mutter gern an, gesprochen wird weder von Kochrezepten noch von Schnecken auf dem Kopfsalat, meine Tante weigert sich nach wie vor zu kochen. Das Mittagessen wird täglich vom Gasthaus zugestellt, außer Sonntag. Alle Modejournale werden sorgfältig durchgeblättert, meine Mutter liest am liebsten über die neuesten Drei-Tage-Diäten mit bis zu fünf Kilo Gewichtsverlust, »das wären dann zehn Kilo in sechs Tagen, von Montag bis Samstag«, meine Tante liebt die Seiten für Haut, Haar und Nägel und die Seiten über Liebesbeziehungen, wobei sie die besten Tipps zur frischen

Verliebtheit auch nach vierzig Jahren meiner Mutter vorliest. Abends dann legt sie Patiencen, um die Gesetzmäßigkeit von Serien zu studieren, oder sie legt Tarot, um mir eine Eins in Mathematik zu prophezeien. Dass noch nie eingetreten ist, was sie aus den Karten für meine Zukunft gelesen hat, liegt weder an ihrer misslungenen Interpretation noch an der Vagheit dieser Zunft, sondern am Föhn in unserer Gegend, der sie irritiert. Auch meine Freundin befragt meine Tante gern, wenngleich die Voraussage ebenso zielsicher nicht eintrifft. Nun kann ich besser verstehen, was meine Tante sagt, wenn sie sagt, »obwohl ich untätig bin, habe ich immer zu tun.«

Meine beste Freundin ist Halbtürkin. Ich fühle mich verbunden mit ihr, als wäre sie meine Schwester, wenn ich eine Schwester hätte. Es ist besser, dass sie nicht meine Schwester ist, dann könnte sie nicht gleich alt sein wie ich, außer wir wären Zwillinge, noch dazu eineiige, dann würde sie fast gleich aussehen wie ich, nein, ich finde sie viel hübscher. Und Türkisch könnte sie dann auch nicht und hätte mir nie beibringen können, was ›ich liebe dich‹ in dieser Sprache heißt. Ihr Großvater war ein Schafhirte, seinen Sohn hat die Armut nach Österreich vertrieben. Sie beginnt jedes Mal zu weinen, wenn sie über die ersten Jahre ihres Vaters hier erzählt, er konnte kein Wort deutsch. Er hat ihre Mutter in der Fabrik kennengelernt, sie hat, noch nicht achtzehn, ihre Eltern bei einem Autounfall verloren, beide waren einsam und haben einander gefunden. Aus Liebe zu ihm hat sie seine Religion angenommen, eine Bedingung hat es aber gegeben, dass sie nie mit ihm in sein Heimatland zurückkehren wird, den Ort ihrer Eltern verlässt sie um nichts auf der Welt. Meine Freundin hat noch nie Schweinefleisch gegessen. Meine Eltern haben sie zu uns eingeladen, und statt Schweinebraten hat es Sauerbraten gegeben, der ist vom Rind. Sie hat mich gefragt, wie Schweinefleisch schmeckt, und mir ist aufgefallen, mit allem Bemühen konnte ich ihr den Unterschied nicht so erklären, dass sie den Schweinegeschmack auch nur irgendwie nachvollziehen hätte können. Ihre Mutter erlaubt ihr gleich wenig wie ihr Vater, nur das Mobiltelefon, das Adolf uns beiden geschenkt hat, konnten sie ihr nicht verweigern, »ein Geschenk muss man annehmen, sonst beleidigt man den Schenkenden.« Wir können stundenlang darüber sprechen, was uns, die wir ja beinahe erwachsen sind, unsere Eltern noch immer alles verbieten, so, als wären wir Kinder. Immer geht es ihnen um Pflichten, nie um das Vergnügen. Sie muss noch mehr lernen als ich, und überhaupt, ihre Eltern sind strenger als meine. Nur der Überredungskunst meiner Mutter hat sie ihr momentan karottengefärbtes Haar zu verdanken inklusive Nasenring, der ihr so gut steht. Meine

Eltern und ich waren bei ihnen zu Gast. Ihre Mutter kocht beinahe so gut und gern wie meine, die viele türkische Rezepte aufgeschrieben hat, seither ist das Schaf auf unserem Speiseplan. Und zum Höhepunkt gab es eine Vorstellung ihrer Bauchtanzkunst in goldbestickter Seide. Mein Vater war ganz außer sich und hat meiner Mutter gesagt, das wäre genau das richtige für sie, bei ihrer schönen Figur. »Das ist endlich ein Tanz, wo du deine Fasttage für immer vergessen kannst«, und beide Väter haben genickt. Meine Freundin und ich haben uns geniert, sie wegen ihrer Mutter, ich wegen meines Vaters. Das wäre nichts für uns, so viel Bauchspeck und so viel vibrierende Hüften, da wären wir beide bald die am wenigst beachteten Mädchen. Jede Nacht, vor dem Einschlafen, danke ich dem, der uns vielleicht erschaffen hat, dass sie meine Freundin ist.

Mein Vater und ich streiten. Meine Mutter kommt dazu, wie eine geschlossene Front sitzen sie vor mir, und ich weiß schon jetzt, sie wird wieder zwischen uns zu vermitteln versuchen. Immer das gleiche. Warum kann sie nicht einmal auf meiner Seite stehen? Die Welt ist ungerecht, überall, wie im Geschichtsunterricht, noch immer Not und Elend, und mein Vater liegt die meiste Zeit nichts als faul in der Gegend herum. Ich will einen Vater, der mit mir gemeinsam auf die Strasse geht, um gegen diese Not zu kämpfen, und eine Mutter, die ihn nicht sein lässt, wie er ist. »Ich kann deine Angriffe verstehen«, sagt er, »nur musst du einsehen, ich sehe nicht den geringsten Grund, mich zu verteidigen. Du musst mir zugestehen, etwas länger habe ich die Welt in ihren Gesetzen und Mechanismen schon erfahren, du bist jetzt in einer Phase, wo du gegen alles und jeden bist.« Meine Mutter sagt, »was haben wir in unserer Erziehung nur falsch gemacht, dass du so respektlos mit deinem Vater sprichst, ich kann mich nicht erinnern, dass ich das jemals gegenüber meinem Vater gewagt hätte, ihm vorzuwerfen, was er alles falsch macht. Und glaub mir, gedacht habe ich mir das oft, als ich jung war wie du, erlaubt hätte ich es mir aber nie, auch nur die geringste Kritik an ihm tatsächlich zu äußern. Merkst du nicht, wie tolerant dein Vater dir gegenüber ist?« Wenn ich das Wort Toleranz schon höre! Ich werde wütender und wütender. »Ihr seid nicht einmal bereit, mich ernst zu nehmen, und das ist das Schlimmste, was man dem eigenen Kind antun kann.« »Warum respektierst du die Haltung dem Leben gegenüber bei deiner Tante, ich vermute sogar, dass du sie gerade deswegen so liebst, und bei mir, deinem Vater, wird mit anderem Maßstab gemessen, vielleicht weil ich mich nicht schminke?« Mein Vater und geschminkt! Ich muss loslachen, meine Wut ist auf und davon, und er erzählt, wie oft auch er wütend auf seine Eltern gewesen ist. »Ich war nicht nur auf meine Eltern wütend, ich war auf die ganze Welt wütend. Meine Idole waren Marx und Freud, und jeder Mensch, der ein Katholik war oder einer anderen Religion zugehörig, war ein Unmündiger, der seinen Verstand nicht verwendete, um sich weiterhin der Illusion hinzugeben. Wie habe ich sie alle verachtet, die Kerzenschlucker und die Bonzen, und ich bin mir klüger vorgekommen als alle anderen. Still und unbemerkt von mir selbst bin ich zu einem Nihilisten und Zyniker geworden, ich habe alles abgelehnt, ob Bauer, Bettler, Edelmann, nichts als Dummheit und Ungerechtigkeit habe ich gesehen, ich war in einer seelischen Wüste gestrandet und phantasierte vom Strick, der mich in eine bessere Welt, ohne Not und ohne Elend, befördern sollte.« Das ist ja entsetzlich, sage ich, das muss ich meiner Freundin erzählen, das mit dem Schminken und das mit dem Strick. »Sei nicht traurig, dass ich nicht mehr zuhören kann, du weißt, meine Freundin, Schulaufgaben, das Leben ruft!«

Jetzt schreibe ich doch, obwohl ich nichts zu schreiben habe, einen Brief an meinen Freund. »Meine Sommerliebe, ich will dir schreiben, warum ich dir nicht schreiben will«, als Antwort auf seinen Beginn, in dem er mich bittet, ihm zu schreiben, warum ich ihm nicht schreibe. Dieser Beginn hat mir gefallen, nur hat mir meine Freundin gesagt, dass das nicht von ihm ist, sondern von einem berühmten Mann. »Du bist mir zu fern, hast viel zu wenig Probleme, nicht einmal gegen deine Eltern revoltierst du. Du willst ja noch immer Mittelschulprofessor wie dein Vater werden, nur mit dem Unterschied, dass du Sport und Geographie studieren möchtest. Mir aber kann der ganze Sport gestohlen bleiben, der Fußball sowieso, wie du dir denken kannst. Vom Wellenreiten schreibe ich gar nicht, das Meer ist weit weg. Ich möchte alles, nur keine Mittelschulprofessorin werden, ich bin so ehrlich und gebe zu, dann gehe ich noch lieber putzen und lebe in den Tag hinein wie meine Tante, bevor ich in den Schuldienst möchte. Viel lieber möchte ich auf die Strasse und für die Ausgebeuteten kämpfen. Ich habe mir geschworen, dass ich auch dann nie mehr eine Schule betreten werde, wenn ich eigene Kinder habe. Du siehst, wie wenig wir gemeinsam haben. Und Computerspiele sammeln finde ich langweilig. Wann hast du damit begonnen? Dafür bin ich als Temperament eindeutig zu nervös. Du weißt auch nicht, dass ich gern und viel denke, die meiste Zeit denke ich über mich nach und was ich einmal werden möchte. Diese Probleme hast du nicht, worüber können wir beide uns über einen langen Zeitraum hinweg also unterhalten? Hast du dir darüber schon einmal Gedanken gemacht? Und dann sind deine ganze Familie und du Vegetarier, meine Familie und ich sind aber Fleischesser, wenn meine Mutter und ich gerade nicht an Kalorien denken. Der einzige Sport, den ich gern habe, ist Tischtennis, du spielst leider nur Tennis. Das ist wie beim Tischfußball, das ich auch gern spiele, und du wieder Fußball, leider ohne Tisch. Stotterst du immer noch so charmant? Das hat mir immer am besten an dir gefallen, nur

befürchte ich auch da, dass du aufgrund deiner Berufswahl dich in logopädische Hände begeben wirst müssen, du kennst ja die Bösartigkeit von Kindern. In Latein wärst du mir sicher eine große Hilfe, aber du bist ja, wie du nur zu gut weißt, zu weit weg. Wenn du wenigstens in meine Parallelklasse gehen würdest, dann könnte ich von deinem Latein profitieren, aber so. Du siehst, wir beide haben uns nicht gerade viel zu sagen, aber tröste dich, vielleicht wartet schon eine Vegetarierin, die gerade vom Tennis kommt, um die Schulecke auf dich.
Liebe Grüße, deine Gelatina«

Meine Freundin möchte Ärztin werden, und zwar Landärztin. Ihr Großvater ist ihr im Traum erschienen, und hat, selbst im Traum war das sonderbar, deutsch mit ihr gesprochen. Er hat behauptet, nun könne er alle Sprachen der Welt, wenn er über den Traum Wichtiges zu transportieren habe. »Von mir hast du die Gabe Krankheiten zu heilen, und diese Begabung wirst du an die Menschen, die dich umgeben, weiterleiten. Eigentlich müsstest du nicht an der Universität Medizin studieren, aber tue es trotzdem, für die offizielle Berechtigung zum Heilen, obwohl man das durch kein Berufsbefähigungsdiplom erlernen kann, aber davon mehr im nächsten Traum.« Seitdem ist sie, die Latein regelrecht gehasst hat, zur besten Lateinerin der Klasse geworden, was sich an meiner Lateinnote ablesen lässt. Jetzt weiß sogar meine Freundin, was sie werden möchte. Mir ist leider noch keine Schauspielerin erschienen, diesen Beruf hat es in meiner jenseitigen Verwandtschaft nicht gegeben – ihr Großvater war allerdings auch nicht Arzt, sondern Schafhirte –, um mich auf die Bühne zu bitten. Meine Großeltern mütterlicherseits waren Bauern. Nicht, dass ihr mir erscheint, um die Gabe des schweren Daseins an mich weiterzugeben. Obwohl, meine Mutter arbeitet verdächtig gern und immer, wenn mich die Kauflust überfällt, fragt sie mich, »weißt du, wie lange meine Eltern für ein paar Schuhe gearbeitet haben?« Sie sagt, dass die Armut bis heute in ihren Genen sitzt, daher habe sie noch einen Bezug zur Kostbarkeit der Materie, und wir alle seien reich. Es gibt eine rätselhafte Geschichte zwischen meiner Großmutter und ihrer Schwester, die meine Mutter und ihre Schwester besprechen, wenn sie über ihre Kindheit sinnieren. Meine Großmutter und ihre Schwester haben sich gemeinsam ein Fahrrad gekauft. Beide sind dafür Jahre hindurch im Sommer auf den Feldern der umliegenden Bauern gewesen, im Winter haben sie in Gasthäusern als Köchin und Näherin gearbeitet. Nach sechs Jahren war es soweit. Jeden zweiten Sonntag waren beide abwechselnd Besitzerin des Fahrrads, darüber hat es nie Streit gegeben, aber bis zum Tod meiner Großmutter war nicht zu klären, wer zehn und wer elf Schilling bezahlt hat. Beide haben den größeren Betrag bis zuletzt für sich beansprucht. Vielleicht wird mir meine Großmutter im Traum erscheinen, um diese Ungewissheit endgültig zu klären, und nicht, weil ich mein Leben als Schafhirtin verbringen werde. Wie verkehrt ich denke. Wie der Schafhirte sich erträumt, dass aus seiner Enkelin eine Landärztin wird, so wird auch meine Großmutter noch genug Ehrgeiz besitzen, um mich aus dem Hirtenstand zu heben. Bitte nicht zu den Wissenschaften, sie weiß, dass ich lieber verkehrt denke als richtig studiere.

Meine Freundin und ich spazieren Samstag nachmittags durch den Ort, und die Langeweile schickt uns zum runden Leder. Es ist mein erstes Fußballspiel. Sie entdeckt einen Stürmer, mir hat es der Tormann der gegnerischen Mannschaft angetan. Das erste Tor fällt, meine Freundin jubelt und ein Mann neben uns schreit »abseits« und zischt »dieser Schiedsrichter, zum Laufen zu alt und dazu noch blind.« Er brüllt »Schiedsrichter zum Telefon«, und fragt mich, ob ich nicht auch dieses klare Abseits gesehen habe. Ich antworte, den Tormann trifft keine Schuld und schon deswegen muss das Tor aberkannt werden. Meine Freundin sagt, das sei ein klares Tor gewesen, sehr schön herausgespielt, und nach seinem Urteil hege sie Zweifel, ob er das Wort ›abseits‹ richtig buchstabieren könne, bei mir wisse sie ja, dass für mich Fußball und Handball dasselbe sei, doch auch bei ihm frage sie sich, ob er wisse, dass beim Fußball mit dem Fuß gespielt wird. Auf dem Feld prügeln sie sich, und der Schiedsrichter rettet die Mannschaften und uns in die Pause. Der Mann bekommt nach seiner Wut wieder Luft und lädt uns ein. Er und meine Freundin unterhalten sich über Abseitsfallen, zwischendurch geraten sie wieder in leichten Disput, ob die Italiener, die Engländer, die Spanier oder die Deutschen die besten Fußballer hätten, meine Freundin mahnt, dass man auch die Türken nicht vergessen dürfe. Und er erzählt, er wäre gern ein zweiter Beckenbauer geworden, aber eine Verletzung habe ihn als Libero aus der Bahn geworfen, ob wir nicht bemerkt hätten, dass er noch immer leicht hinkt. Welches Glück wir doch haben, wir lernen einen Mann kennen, der beinahe ein zweiter Beckenbauer geworden wäre. In der zweiten Hälfte des Spiels wird weder geprügelt noch ein Tor geschossen, alles verläuft friedlich und ruhig, und die beiden sind sich beim Schlusspfiff einig, dass der Schiedsrichter bestochen worden ist, sonst hätte er dieses Tor wegen abseits niemals gegeben. Beim Abschied sagt er, wer weiß, vielleicht wäre er auch ohne Verletzung kein zweiter Beckenbauer geworden, doch meine Freundin sagt, dass ihr fußballbegeisterter Vater stolz auf sie sein wird, wenn sie von ihm erzählt, und ich überlege, ob ich von diesem Glück meiner ehemaligen Sommerliebe schreiben soll, um ihm zu zeigen, wie sportlich ich in der Zwischenzeit geworden bin.

Einmal im Jahr wird in unserem Ort ein Bierzelt mit einem kleinen Vergnügungspark aufgestellt. Das ist ein Pflichtbesuch für meine Eltern, und mein Vater sagt, »heuer wird es ganz besonders, weil auch Adolf und meine Tante mitkommen.« Und obwohl die Eltern meiner Freundin kein Bier trinken, sind auch sie eingeladen, mit uns dieses Fest zu zelebrieren. Das ist ein Lieblingswort meiner Mutter, die nicht nur ihre Kochkunst zelebriert, sondern auch den Alltag. Für das Zelt zieht sie das Dirndl an, mich fragt sie nicht mehr, ob ich wie sie diese Tracht tragen möchte, sie weiß, das gäbe nur Streit. Und wie jedes Jahr beginnt das große Zittern um ihre Kilos, und wie jedes Jahr sagt sie, »ein Dirndl lässt sich nicht betrügen«, und wie jedes Jahr beginnt sie pünktlich drei Tage davor mit einer Bier-Diät, die sogar mein Vater zu schätzen weiß, weil das die einzige Kur sei, die meine Mutter fröhlich bleiben lässt. Und wie jedes Jahr sagt sie, wenn sie sich in dieses prächtige Kleidungsstück hineingezwängt hat, »geschafft, es sitzt wie angegossen«, und mein Vater freut sich wie jedes Jahr über den Anblick, der den Busen meiner Mutter auf das Vortrefflichste hervorhebt. Und wie jedes Jahr muss ich lachen, wenn ich meinen Vater in seiner Krachledernen mit Wadenstutzen und meine Mutter in ihrem Dirndl sehe, dann kommen sie mir vor wie ein Pärchen aus einer Kuckucksuhr. Und zum ersten Mal die Überraschung beim Anblick von Adolf und meiner Tante im Zelt, die schon nervös auf uns warten – die eine Schwester entschuldigt sich bei der anderen Schwester für das Zuspätkommen mit der Begründung: das Dirndl hat so lange gedauert –, er im Steireranzug und sie in einem langen, über und über verzierten Brokatdirndl, ein Busen ist nicht zu sehen, dafür hat sie zwei von Adolf gemalte Schmetterlinge auf ihrem Dekolleté. Die beiden kommen mir vor wie ein Pärchen aus einem Heimatmuseum. Jetzt erscheint endlich meine Freundin mit ihren Eltern, die beiden sind in türkischer Tracht. Die drei Paare kommen mir vor, als hätten sie das Bierzelt mit einem Faschingsfest verwechselt. Adolf beginnt von der Türkei zu schwärmen, er spricht sogar ein paar Brocken dieser Sprache nach zwei geleerten Krügel und erzählt von seinen Schmetterlingsexpeditionen in Vorderasien, der Vater meiner Freundin beginnt vor Heimweh zu weinen und trinkt zum Trost sein erstes Bier, »Allah möge mir verzeihen«, meine Tante pendelt für die Mutter meiner Freundin, wie es ihren Eltern im Himmel ergeht, »gut, sogar bestens«, was sie so sehr freut, dass auch sie weint, aber aus Glück, und ihren Eltern mit einem Humpen zuprostet. Zwischendurch wird getanzt, auf dem Bretterboden wird der türkische Schritt mit der Polka zu einer Einheit, und mit geröteten Wangen kehren sie wieder zum Tisch zurück. Meine Freundin und ich verlassen diese illustre Gesellschaft und für einen kurzen Moment scheint die Welt in ihrer Bahn zu sein, als wir beide von den fliegenden Sitzen eines Ringelspiels aus den Mond hoch über uns und das Bierzelt tief unter uns bestaunen.

Von einer Stunde zur anderen werde ich trauriger, dass keine Post von meiner Liebe auf mich wartet, mich überfällt die Sehnsucht nach seinen Augen, wie habe ich sie nur aus meinen Augen verlieren können? Was ist in mich gefahren, als ich ihm – zugegeben, er könnte ihn als Abschiedsbrief gelesen haben – meine damalige Gefühlslage beschrieben habe? Wie kann er nur so gemein sein und mir nicht mehr schreiben, daraus kann ich ersehen, dass er mich nie geliebt hat, sonst könnte er nicht so stumm bleiben. Wie feig er ist, nicht einmal das bin ich ihm wert, dass er um mich kämpft, nein, er akzeptiert, dass ich damals nicht mehr wollte. Nur weil ich damals nicht mehr wollte, heißt das noch lange nicht, dass ich nie mehr etwas von ihm will. Wie wenig Ahnung er von mir hat. Es ist geradezu eine Frechheit. Kann er nicht zwischen den Zeilen lesen? Erstens, die Anrede ›Sommerliebe‹ sagt sehr viel aus, und zweitens, das Ende mit meinem Wunsch an ihn, er möge bald einer anderen begegnen, spricht überdeutlich von meiner Eifersucht. Und wie kann ich beenden wollen, wenn ich, aus Eifersucht dermaßen verzweifelt, ihn nichts als prüfen wollte, ob meine düsteren Gedanken einer Wahrheit entsprechen? Wie ich bereits damals, als ich diese unglückseligen Zeilen geschrieben habe, alles richtig geahnt und vorausgesehen habe, nicht umsonst ist meine Tante meine Tante. Und die Schmach, dass er mich sitzen lässt, habe ich mir ersparen wollen, nur habe ich mir nichts erspart, jetzt leide ich, dass er mich so einfach aufgegeben hat. Wie liebevoll waren gerade die Zeilen, in denen ich ihn darauf aufmerksam gemacht habe, in aller Offenheit, die mir eigen ist, dass ich gern Fleisch esse und unsportlich bin, dafür aber zum Ausgleich gern denke. Was soll denn sonst bedeuten, Gegensätze ziehen sich an, das habe ich und ich schwöre, sonst nichts, damit sagen wollen, und nicht einmal das kann er verstehen. Es ist tragisch, wie leicht er das Kostbarste, das ihm durch mich geschenkt worden ist, einfach aufgibt. Nie mehr, nie mehr werde ich mich wieder verlieben können, diese Enttäuschung kann ich nicht verkraften. Er und niemand sonst ist schuld, dass meine Eltern und meine Freundin zurecht besorgt um mich sind. Wer weiß, wie lange ich noch zu leben habe, ich muss nur eine Sekunde lang nicht aufpassen, und schon hat mich ein Auto überfahren, aber dann wird es zu spät sein, keine Post wird mich dann mehr erreichen.

Meine Familie ist verrückt. Mein Vater sagt, »da hast du Recht. Wir sind aber keine Ausnahme, weil jede Familie, schon weil sie Familie ist, verrückt ist. Bis ein Kind erwachsen ist, wird es mit so vielen Widersprüchen konfrontiert, von seinen Eltern, von seiner Umwelt, dass es an ein Wunder grenzt, wie sich überhaupt jemals jemand zurechtfinden kann. Es gibt sicher Familien, die weniger verrückt sind als wir, aber vielen wird sicher auch von vornherein keine Chance gegeben, vor dem, was er oder sie bis zum Erwachsenwerden erleben, zu fliehen. Es ist grausam, wie ungerecht es schon beim Geborenwerden zugeht. Auch der Ärmste verharrt in seiner ausweglosen Situation und gibt nicht auf, weil er in einer geradezu instinkthaften Hoffnung lebt, morgen, morgen kommt der rettende Engel, der mich aus allem befreit. Ich habe nie verstehen können, wie viel Angst und wie wenig Selbstachtung der Mensch seinem eigenen Leben schenkt, dass der ohnehin Ausgebeutete noch seinen Ausbeuter glorifiziert, die Armen werden ärmer, die Reichen werden reicher, ein weltweites Gesetz, gerade in Demokratien, wo dieses Gesetz, dass der Schwache sich mit dem Starken identifiziert, seine absurden Blüten treibt. Die Verteilung der Materie ist in einem Maße ungerecht, dass es einem schlecht wird, doch der Mensch orientiert sich gern an dem, was er schon immer kennt: die eigene Ohnmacht und die fremde Macht. Kein Geld ist Ohnmacht, viel Geld ist Macht, und immer siegt der Räuber. Allein die Vorstellung, dass die kommenden Generationen dieser Räuber in ihrem Privatsee herumschwimmen wie junge Enten, kommt meinem Jagdinstinkt entgegen, nicht wegen der jungen Enten, sondern wegen der Infamie des möglichen Eigentums an der Natur zum Zweck des einsamen Schwimmens für Reiche. In einer verrückten Welt muss jede Familie verrückt sein, und wäre sie die reichste. Verrückt bliebe diese Welt auch ohne diese exklusive Schwimmkultur, weil unser Verstand verrückt geworden ist. Und mit diesem verrückten Verstand haben wir bis dahin nicht verrückte Kulturen dermaßen geblendet, dass heute statt des Papageis der Fernseher von den Lianen aus dem Dschungel kreischt. Und wie gern sich alle verbrüdern, fünf Kontinente in einer Umarmung, alle fliegen hin und her, alle fühlen sich überall zuhause, ich frage mich, warum sie dann überhaupt noch fliegen. Genug der trüben Gedanken, nur das eine, meine Tochter, dagegen sind wir normal, so verrückt wir auch sind.«

Jetzt weiß auch ich genau, was ich einmal werden möchte. Mich hat kein Traum geführt, mir hat ein Buch den Weg zu meinem Weg gezeigt. Niemandem werde ich jemals verraten, welches mich dermaßen in seinen Bann gezogen hat, dass in mir der brennende Wunsch entstanden ist, Schriftstellerin zu werden. Dieser Wunsch ist so heftig, als hätte sich ein Dolch in mein Herz verirrt. Es kann kein Zufall sein, dass ich zu diesem Buch gekommen bin, bei dieser Unzahl von Büchern, die es auf der Welt gibt, dass ich gerade dieses gelesen habe. Und gekauft auch noch von meinem eigenen Taschengeld. Wie sollte es sonst überhaupt möglich sein, wenn das Zufall wäre, dass jemand derjenige wird, der er wird, ich bin doch nicht aus Zufall auf der Welt, wie könnte überhaupt der Erdball sich drehen, wenn dauernd irgendwelche Zufälligkeiten sich ereigneten, das muss alles seine Ordnung haben. Wie wäre es möglich, bei dieser Auswahl an verschiedenartigsten Lebensformen, die es gibt, seine zu finden, da muss ein innerer Kompass eingebaut sein, der einen dorthin führt, wo man hingehört. Es kann nicht sein, dass einfach so meiner Freundin der Großvater in Deutsch erscheint. Nicht umsonst sagt mein Vater, das Wichtige ist, hinter die Dinge zu sehen, und dieses Mal sehe ich hinter die Dinge, so unglaublich es mir auch erscheinen mag, wie ich jemals dazu fähig sein soll, eine Schriftstellerin zu werden. Wie meine Freundin zur besten Lateinerin aufgestiegen ist, so werde ich zu lesen beginnen, wie sie zu lesen begonnen hat. Zwei Bedingungen erfülle ich schon jetzt: sie war unglücklich wie ich, und daran muss ich nicht zweifeln, wie viel Unglück ich bis jetzt schon zu ertragen imstande gewesen bin, und die zweite Bedingung ist meine Linkshändigkeit. Das sind eindeutige Auffälligkeiten, die uns beiden eigen sind. Es kommt noch eine dritte Übereinstimmung zur Eliminierung jeden Zweifels, den ich noch haben könnte, dazu, nämlich meine Kurzsichtigkeit. Wenn das keine eindeutige Hinweiskette ergibt, was dann. Warum zweifle ich trotzdem noch? Das Wesentliche hätte ich beinahe vergessen: sie hat wie ich die Schule gehasst, und kein Lehrer hat ihre geniale Begabung erkannt, das kann man von Lehrern auch nicht erwarten, es kann ja nur erkannt werden, was man selbst in sich hat, wie sollte man etwas erkennen, das man nicht kennt. Wie oft ich mich gerade von meinen Lehrern nicht erkannt fühle. Und trotzdem zweifle ich noch. Die Vorstellung, ich erzähle diesen Wunsch auch nur irgendjemandem, lässt mich aus Scham in den Boden versinken. Wenn ich gefragt würde, »fühlst du dich begabt und stark genug, ein so einsames wie unsicheres Leben zu führen? Ich glaube, du bist eine Traumtänzerin, die hoch hinaus will und meint, sie sei wohl etwas ganz Besonderes, das Gewöhnliche genügt der kleinen Dame nicht, dieser dein Wunsch ist der kürzeste Weg zu deinem Unglück«, was soll ich dann antworten? Wie sollte ich jetzt schon beweisen, dass das und nichts anderes meine Berufung ist, auch mein Vorbild hat große Selbstzweifel gehabt, wie eben ich auch, und was ist nicht alles aus ihrer Feder geflossen. Wenn ich mir überlege, ist er: vielleicht ein notwendiges Merkmal, vielleicht ist er die natürliche Auslese, die viele als Prüfung nicht bestehen, denn, ehrlich gesagt, er ist schwer zu ertragen, und ich habe eine große Menge davon. Wie käme jemand sonst überhaupt auf diese verrückte Idee, unbedingt ein so hartes Leben, denn das gehört ohne Zweifel dazu, führen zu wollen, das wählt sich niemand freiwillig, das muss eine innere Notwendigkeit sein, weil man nicht anders kann. Wie gemein ist es, dass ich nicht die Begabung von Balzac geschenkt bekommen habe, warum bin ich nicht als Mann auf die Welt gekommen. Und überhaupt, warum ist dieses Buch jemals in meine Hände gefallen, es ist mir ohne Zweifel besser gegangen, als ich noch eine war, die nicht wusste, was aus ihr werden soll, und nicht eine, die sich schon in so jungen Jahren mit ihrer Bestimmung herumzuschlagen hat, ohne dass ihr das Talent auch mitgeliefert worden wäre. Wie leicht haben es dagegen Berufe, die man erlernen kann, erlernbar für jeden mit normalem Hausverstand. Aber ich muss mir eingestehen, möchte ich Verkäuferin, Friseurin, Kosmetikerin, Mechanikerin, Lehrerin schon gar nicht, Computerspezialistin auch nicht, werden? Nein, da würde ich mich selbst belügen, aber auch für eine Fallschirmspringerin, die anderen das Fallschirmspringen beibringt, fehlt mir der durchtrainierte Körper und zudem hat auch das mit Lehren zu tun. Ich will niemandem etwas beibringen, ich will etwas aufzeigen, am liebsten über die Liebe, Romane über die Liebe und ihre Unmöglichkeit. Nicht wie bei meinen Eltern, die eigentlich nichts über die Liebe wissen, denn wahre Liebe ist immer tragisch. Jetzt ist auch mein letzter Zweifel weg, weil darüber weiß ich wirklich Bescheid, wer, wenn nicht ich, könnte ein besserer Chronist dieses Themas sein? Und es gibt nicht nur die Liebe, ich werde für Menschen schreiben, die stumm sind, meine Waffe werden die Buchstaben sein und nicht das Gewehr, um die Utopie einer gerechteren Welt aufrecht zu halten. Haben nicht gerade Bücher die Welt verändert, nicht immer zum besten, das gebe ich zu, warum aber sollte hier nicht das Gesetz der Polarität gelten? Ich habe mich entschieden, für das Gute zu kämpfen, wie wenig Sicherheit auch besteht, dass gute Absichten schon gute Konsequenzen nach sich ziehen. Ich werde mich mit meinem Vater und meiner Tante beraten, und wenn sie nicht weiterwissen, dann ist es besser, meine Mutter und Adolf, die sich mehr dem Konkreten hingeben, zu Rate zu ziehen. Angenommen, das ewige Gesetz der Polarität gilt, dann erzwinge ich durch meine gute Absicht die böse Absicht im anderen, und hieße das nicht auch, dass ich meine gute Absicht der bösen Absicht zu verdanken habe? Und wenn es keinen Zufall gibt, wie kann es dann ein Gesetz geben? Fragen, nichts als Fragen, und keine Antworten. Eine Lawine, die ich durch den einen Wunsch losgetreten habe, in der ich ersticken werde. Wie soll mir mein Vater helfen, der sich für das Hinter-die-Welt-Sehen entschieden hat, wie soll mir meine Mutter helfen, die sich für die Kochkunst und deren Zelebrierung entschieden hat, wie soll mir meine Tante helfen, die sich für das Kartenlegen und das Pendel mit unsicherer Prognose entschieden hat, wie soll mir Adolf helfen, der sich für den Schmetterling zu jeder Jahreszeit entschieden hat? Das ist eine Prüfung, die ich allein zu bestehen habe. Ein Drachentöter kann auch nicht gerade dann, wenn er dem Drachen begegnet, prüfen wollen, ob seine Beine zu laufen imstande sind. Und wie er habe ich nicht, bevor der Kampf beginnt, aufzugeben. Wie ein Drachentöter zu seinem Beruf gefunden hat und wie die Astronauten in ihre Raketen? Real gefährlich ist meine Berufung nicht, ich habe ja nur vor, allein im Zimmer zu sitzen und zu schreiben. Mein Vater zitiert oft einen Satz von Pascal, den ich mir gemerkt habe, weil er ihn bei jeder noch so verfehlten Gelegenheit aus seinem Mund zieht: »Das Übel der Welt rührt daher, weil der Mensch nicht in der Lage ist, allein in seinem Zimmer zu bleiben.« Pascal hat ja damit nicht gesagt, dass man in diesem Zimmer nichts tun darf, oder? Nein, dann hätte er mit seinem Werk seiner eigenen Aussage widersprochen, das wäre zu absurd. Und diese Prüfung bestehe ich, wenn ich mich über jeden Gedanken freue, den ich habe, und auch über jeden Gedanken, den ich nicht habe. Und diese Prüfung bestehe ich, wenn ich mich über meine Berufung freue, indem ich sie realisieren werde, und mich freue, wenn ich sie nicht realisieren werde. Und beim Geld bestehe ich die Prüfung, wenn ich mich über jeden Euro freue, den ich ausgebe, und mich über jeden Euro freue, den ich spare. Und bei meiner Liebe bestehe ich die Prüfung, wenn ich mich freue, dass ich ihm geschrieben habe, und darüber, dass er mir nicht mehr geschrieben hat.

Meine Tante muss sich an den Föhn in unserer Landschaft gewöhnt haben, anders kann ich mir nicht erklären, wie es zustande gekommen ist, dass ihre Voraussagen auf einmal tatsächlich eintreffen. Sie hat sich beim Pendeln auf das Thema Liebe spezialisiert, »das einzig Wichtige im Leben, was helfen dir die besten Noten und in der Liebe bist du blind, sieh mich an, erst Adolf hat meine geistigen Fähigkeiten, die brach und eingeschlossen in mir schliefen, durch seine Liebe erweckt, und jetzt schenke ich diese im Pendel weiter, Föhn hin, Föhn her, es ist Adolf, der mir die nötige Ruhe und Konzentration gibt, das Pendel richtig zu deuten.« Sie wird von den Frauen, die zu ihr kommen, verehrt, für Männer pendelt sie nicht. Meine Mutter freut sich, dass ihre Schwester ein ruhmhaftes Wesen in der weiblichen Bevölkerung der näheren und ferneren Umgebung geworden ist, die Männer beginnen sie zu fürchten, der Pfarrer warnt von der Kanzel, doch muss sie sich erst daran gewöhnen, dass ihre Schwester durch den großen Zulauf wenig Zeit hat. Wie meine Mutter ein Tier mit einem anderen Tier vergleicht, so vergleicht meine Tante jede Klientin mit einem Tier. »Was ist meine Frau?« hat sie mein Vater gefragt. »Meine Schwester ist ein friedliebendes Lamm und du bist ein reißender Wolf, der sich hinter einem Schafspelz versteckt.« Mein Vater war beleidigt, und wir haben gelacht. »Die Welt besteht aus einer langen Analogiekette, auch die Priester lieben diesen Umstand, indem sie das Blut Christi als Wein zu sich nehmen, viele haben dieses Blut Christi so sehr geliebt, dass daraus Weinlokale, die Kultstätten der Katholiken, entstanden sind«, sagt meine Tante. Nicht nur deswegen warnt der Pfarrer von der Kanzel, meine Tante bringt nämlich auch die Monogamie durcheinander, indem sie sofort jede Frau, die zu ihr kommt, über das Pendel mit einem Tier vergleicht, und manche Tiere sind monogam, andere Tiere nicht. »Es braucht Sie wirklich nicht zu wundern, wenn Sie so unglücklich in der Liebe sind, Sie brauchen mehr als einen, niemand kann auf Dauer wider seine Natur leben, überlegen Sie sich, was Ihnen lieber ist, treu sein und krank werden, oder untreu gesund bleiben, Sie haben die freie Wahl.« Meine Tante hat wirklich unorthodoxe Ansichten, wie soll es möglich sein, das auch in die Tat umzusetzen, hier in diesem Ort, wo jeder jeden kennt und wir schon als merkwürdig gelten. »Wenn es ihre Natur so will, findet sie sich die Möglichkeit, sie auch zu leben«, so meine Tante. Wie würde ich reagieren, wenn sie meine Mutter vor diese Wahl stellen würde? Nein, sie hat ja ihre Schwester als friedliebendes Lamm beschrieben, aber ich weiß nicht, wie Lämmer leben, monogam oder nicht monogam? Und wie organisiert ein reißender Wolf seine Biologie? Das kann ich außer Acht lassen, meine Tante berät ja nur Frauen.

Meine Mutter hasst den Muttertag. Wie sie erzählt, war er in ihrer Kindheit einer der schlimmsten Tage im Jahr. Warum? Ihr Vater hat versucht, an einem Tag alles gut zu machen, was er das ganze Jahr über versäumt hat. Nie ein Lob, immer mürrisch, und ihre Mutter wie ein Zinnsoldat stets brav an seiner Seite. Das kann man sich heute gar nicht mehr vorstellen, was es bedeutet, wenn ein Mann der Herr im Haus ist. Alles hat sich sprachlos vollzogen, gearbeitet haben beide immer viel, ihr Vater war Herr über den Traktor, ihre Mutter Herrin über die Küche und über die Mädchen und das Vieh auf dem Feld. Der Traktor hat aber jede andere Tätigkeit bei weitem überwogen, dieses Ungleichgewicht war für dreihundertvierundsechzig Tage im Jahr selbstverständlich, nur am dreihundertfünfundsechzigsten Tag, dem Muttertag, wollte er dieses Ungleichgewicht parieren, indem er sie an diesem einen Tag den Kindern als Heilige verkündete, indem er ihnen mit erhobenem Zeigefinger erklärte, »so wie sie könnt ihr niemals werden, eure Mutter ist eine Maria mit Kindern, sie ist mir von Gott als meine Frau und Mutter meiner Kinder erwählt worden.« Sie als Ältere habe dann immer die Hand ihrer Schwester genommen und fassungslos ihre Sünden gegenüber ihrer Mutter abgezählt, eins, zwei, drei, vier, fünf, ihre Schwester habe mit ihren Fingern dabei mitgespielt, in diesem Moment war sie nur mehr ihre Mutter, ob auch ihre Schwester Sünden gezählt hat, kann sie nicht sagen, jeder war in und mit sich allein. »Du als Ältere musst doch wissen, wie man das Frühstück zubereitet, wie kannst du nur so ungeschickt sein, dass du nicht einmal merkst, wenn die Milch überläuft, wie sollst du jemals unter die Haube kommen mit deinen zwei linken Händen, das will ich nicht verstehen, wie man bei einer solchen Mutter so ungeschickt sein kann.« Ihre Schwester, vielleicht weil sie jünger war, vielleicht weil sie mit einem anderen Naturell zur Welt gekommen ist, hat anschmiegsam meinen Großvater gerade in dem Moment abgelenkt, als er noch wütender zu werden drohte, indem sie ihn gefragt hat, was er heuer für ein Muttertagsgeschenk gekauft habe. »Das möchtest du wohl zu gern wissen, aber diese Freude gebührt an diesem Ehrentag nur deiner Mutter.« »Aber sie ist doch auch meine Mutter« – das hat sich meine Mutter nicht zu sagen getraut, sonst wäre er bestimmt wieder wütend geworden, erzählt meine Mutter, und je mehr sie erzählt, desto lieber wird sie mir. Bei allen Nachteilen, die ich als Kind ohne Schwester zu erfahren habe, ist mir auf einmal bewusst, wie gut es ist, die Liebe meiner Mutter, über die Erzählung von ihrem Vater, niemals teilen zu müssen. Und jedes Jahr, wenn wir in der Schule für den Muttertag gezeichnet haben, war ich enttäuscht, wenn sie mir gesagt hat, »liebes Kind, ich habe es nicht so mit dem Muttertag, das ist nichts für mich, wenn du größer bist, wirst du verstehen, warum das so ist.«

Meine Freundin wird von Tag zu Tag betrübter. Wenn ich sie frage, was sie hat, gibt sie mir keine Antwort, oder nur, dass sie nicht sprechen darf. »Wozu bin ich dann deine beste Freundin, wenn du mit mir nicht über alles sprechen kannst, das ist nie gut, wenn man seinen Kummer allein mit sich ausmacht.« »Gut, aber du musst mir schwören, niemandem auch nur ein Sterbenswort weiterzuerzählen«, sagt sie, ich schwöre. Wir setzen uns in die Wiese, und sofort beginnt sie zu heulen, so heftig, dass ich an einen Weltuntergang denke und aus Mitempfinden auch zu weinen beginne. Wir sitzen als ein Elend da, halten uns fest, und schluchzend erzählt sie, sie habe sich unsterblich in unseren Mathematikprofessor verliebt. Das ist ja beinahe schlimmer als ein Weltuntergang, denke ich, und sie sagt mit gebrochener Stimme weiter, sie habe handfeste Beweise, dass ihre Mutter eine heimliche Affäre mit ihm begonnen habe. Alles dreht sich in meinem Kopf, mir wird kalt und heiß zugleich, ihre Mutter war bei meiner Tante zum Pendeln. Sie allein, meine Tante aus Fleisch und Blut, ist schuld an diesem Unglück, dass sie fremdgehen muss, noch dazu mit dem Mann, in den sich meine Freundin verliebt hat. Ich sehe den vor Eifersucht rasenden Vater, der mit Glutaugen und Schaum vor dem Mund in unsere Klasse stürmt und den Mathematikprofessor vor uns allen erschießt. Wie grausam das Schicksal aus heiterem Himmel zuschlagen kann, gerade bei ihr, einer zum Islam übergetretenen Frau, hat man sich niemals vorstellen können, dass sie so etwas je imstande wäre zu tun, und dann auch noch mit dem Professor ihrer Tochter. Nicht umsonst heißt es, stille Wasser sind tief. Alle haben gewusst, das mit einem Türken kann nicht gut ausgehen, es ist allgemein bekannt, wie schießwütig sie sind, jeden Tag liest man von Eifersuchtsmorden, das ist bei ihnen ein ungeschriebenes Gesetz, nicht wie bei uns, wo die Frauen sich beinahe schon alles erlauben dürfen, ohne um Konsequenzen zu fürchten. Von denen kann man lernen, was Moral ist, entweder man gehorcht dem Gesetz, oder man ist unter der Erde. Dieser

Mathematikprofessor hat etwas von Formeln verstanden, aber sich mit einer verheirateten Frau einzulassen, die noch dazu mit einem Türken verheiratet ist, grenzt schon an Debilität, es heißt nicht umsonst: viel studieren und sonst keine Ahnung von nichts haben. Warum hat er nicht zuerst die Frau erschossen und dann den Liebhaber? Dem Verdacht, dass meine Freundin möglicherweise nicht richtig kombiniert hat, werde ich zu seiner Aufklärung verhelfen. Ich frage meine noch immer heulende Freundin, welche Beweise für diesen Verdacht vorliegen. Sie hat bei einem Telefongespräch ihrer Mutter zugehört und hörte sie sagen ›... verliebt ... wann treffen wir uns ...‹ und war völlig erschrocken, als sie sie bemerkt hat. Dann ist sie fort und meine Freundin ist ihr heimlich gefolgt. Sie wäre beinahe ohnmächtig geworden, als sie ihre Mutter und ihren von ihr geliebten Mathematikprofessor im Caféhaus, in ein Gespräch vertieft, gesehen habe. Sie sei dann von den beiden unbemerkt davongerannt, und seitdem wolle sie weit weg, ob ich das verstehen könne. Und wie. Meine Freundin möchte nach Hause, ›ich muss meinem armen Vater beistehen, der nichts ahnt‹, und ich fahre mit dem Fahrrad zu meiner Tante, wie sonst mein Vater zu Adolf. Sie legt gerade Karten, Adolf ist mit dem Schmetterlingsnetz unterwegs, ich höre ihn von weitem summen. Sie sagt erfreut, »eben habe ich in den Karten gelesen, dass mich bald ein Besuch freudig überraschen wird, und voilà, schon bist du da.« Wie es ihr doch immer gelingt, mich völlig aus dem Konzept zu bringen, wie unbedarft sie immer tut und dabei soviel Unglück über meine Freundin bringt. »Mit welchem Tier hast du die Mutter meiner Freundin verglichen?« frage ich aufgeregt und wütend. »Mein Kind, darüber spreche ich nicht, was ich pendle, ist sozusagen mein Arztgeheimnis, aber beruhige dich erst einmal, ich bringe dir einen Hollersaft, der ist gut für die Nerven, und dann berichte mir in aller Ruhe, was dich so aufbringt.« Ich erzähle, obwohl ich meiner Freundin geschworen habe, zu schweigen wie ein Grab, von dieser fürchterlichen Geschichte und sage, eigentlich habe sie mit ihrem Pendel schuld an allem. »Auch du hast den Schwur, den du deiner Freundin gegenüber abgelegt hast, gebrochen, so werde ich meinen Schwur auch brechen, der höheren Einsicht wegen. Die Mutter deiner Freundin ist wegen ihrer Tochter zu mir gekommen, weil sie sehr besorgt um sie gewesen ist. Sie hat nämlich einen Zettel von ihr gefunden, auf dem zu lesen war, dass sie aus Liebe zu ihrem Mathematikprofessor fortlaufen wolle. Ich habe das Pendel befragt, was am besten zu tun ist, und das Pendel hat geraten, sie solle dem Mathematikprofessor, der sehr verständnisvoll für die Probleme der Jugend ist, erzählen, ihre Tochter habe sich in ihn verliebt. Die beiden haben sich im Café getroffen, und bei diesem Gespräch hat er gesagt, dass kein Grund zur Besorgnis bestehe, das komme oft vor. So sei auch er in seiner Jugend ein Jahr in seine Mathematikprofessorin verliebt gewesen, so sehr, dass er ein Jahr in seinem Lieblingsfach nur schlechte Noten geschrieben habe.« Wie gut, dass sie sich nicht in den Lateinprofessor verliebt hat. Ein Jahr unglücklich in den Mathematikprofessor verliebt zu sein, da gibt es Schlimmeres, sie freut sich auf jede Mathematikstunde, wenn das kein Ausgleich ist.

Über Sexualität mag ich nicht reden. Woher die Kinder kommen, weiß ich, wie man Kinder verhütet, weiß ich auch, dass ich in der Nacht vor dem Einschlafen mit mir spiele, das geht nur mich etwas an. Schlechtes Gewissen habe ich deswegen keines und ich schlafe dann immer schnell ein. Ob ich verklemmt bin, weil ich jedes mal rot werde, wenn darüber gesprochen wird? Am schlimmsten ist, wenn gesagt wird, die ist ja noch Jungfrau. Na und, möchte ich dann am liebsten zurücksagen, aber nein, ich habe einen Frosch im Hals und meine Stimme hat sich verschluckt. Auch meine Freundin hat noch nie, nur geküsst haben wir und einander bestätigt, dass sie und ich uns das schöner vorgestellt haben. Ob ich deswegen frigide bin? Nein, deswegen sicher nicht, aber wie soll ich jemals über die Liebe schreiben, wenn ich nicht einmal gern küsse. ›Warte ab, bis der Richtige kommt‹, wenn ich das schon höre. Wann kommt er denn, damit auch ich mitreden kann von der einfachsten Sache der Welt, schön langsam ist meine Geduld zu Ende und ich mache es mit dem Erstbesten, der mir über das Gras läuft. Aber ja nicht im Gras, da graut es mir, vielleicht bin ich gerade dabei und dann kommen die Ameisen, nein danke. Wo dann? Das eine ist sicher, sicher nicht bei mir zuhause, da vergeht mir gleich alles, wenn ich nur an diesen Betroffenheitsblick zwischen Sorge und hast du wohl verhütet und du bist noch nicht reif genug denke. Und bei ihm auch nicht, der hat ja sicher Eltern, die gleich dreinschauen wie meine. Am besten wäre einer mit schon eigener Wohnung, auf alle Fälle mit Bad, keiner mit einer verdreckten Bruchbude, wo das Klo sich am Gang befindet. Aber woher nehmen und nicht stehlen? Alles kann man kaufen, aber bei der einfachsten Sache der Welt hilft nicht einmal das Geld von Adolf. Was bin ich nicht aufgeklärt worden, zuhause, in der Schule, nur wie und wo und mit wem, da wird geschwiegen wie eh und je. Am liebsten wäre mir beinahe schon eine Entjungferungsanstalt, in die jede in meinem Alter hinein muss, mir doch egal, was die Religion dazu sagt. Wie kommt man überhaupt dazu, dass

Sexualität die einfachste Sache auf der Welt sei, da muss mich aber die Natur vergessen haben, was ist, wenn das ein Zeichen dafür ist, dass ich frigide bin? Eine, die eiskalt ohne Trieb und ohne Gefühl die Männer nur so abblitzen lässt, wie die eiserne Jungfrau von Orléans, mir doch egal, wenn ich frigid bin, wer weiß, vielleicht geht es mir noch immer besser als der, die nur flachgelegt worden ist und sich in Liebe nach ihm verzehrt. Nicht auszudenken, wie entsetzlich das wäre, ich verschenke mich und er kräht wie der Hahn, ich wäre die dreiundzwanzigste, die er im letzten Halbjahr bestiegen hätte. Und doch, am wenigsten möchte ich einen, der gleich unerfahren ist wie ich, was käme da schon heraus, gleich zwei, die nicht wissen, wie man sich dabei zu benehmen hat, wie doch alle lügen, immer so tun, als sei die komplizierteste Sache der Welt die einfachste.

Bestimmt flirrt ein Text in der Luft und ein anderer folgt nach. Mein Vater sagt, »ändert sich das Außen, ändert sich das Innen.« Eltern wohnen für ihre Kinder Tür an Tür mit dem Kaiser, sie haben immer recht. Ich bin froh, dass ich mich nicht mag, wenn ich das tun würde, dann wäre ich bestimmt beliebt und deswegen eitel. Es gibt so vieles, das ich begehre, doch ist das Begehren, beliebt zu sein, es wert, dass ich eitel werde? Und begehre ich doch nicht am meisten, dass ich mich mag? Warum mag ich mich dann nicht, wenn ich gerade das am meisten begehre? Ich möchte aber nicht beliebt sein, schon allein die Vorstellung schreckt mich, wie gut ich mir dann vorkomme. Das ist Verblendung, jeder ist nett zu mir, ich bin beliebt, weil ich mich mag, jeder möchte sich dann genau so mögen, wie ich mich mag, wenn ich mich mögen würde. Aus welchem Grund mögen sich die anderen eigentlich nicht, obwohl sie sich so gern mögen würden? Die ich am wenigsten leiden kann aus meiner Klasse, die kann sich bestimmt nicht mögen, obwohl sie eitel ist, das steht fest. Sie schreibt sehr gut, am meisten gerate ich in Wut, weil ihre Aufsätze so gelobt werden, ich finde zwar, ich schreibe bessere, nur mich mag die Deutschprofessorin nicht, jedesmal kritisiert sie an mir herum, als wenn ich nicht deutsch könnte. Wie soll sie überhaupt wissen, dass ich mich nicht mag, sie verwechselt wohl mein Mich-nicht-mögen mit meinen Aufsätzen. Vielleicht ist es so, dass ich die Auswirkungen von dem, was ich schreibe, nicht zu beeinflussen imstande bin, aber das kann niemand. Jeder schreibt immer etwas mehr oder etwas weniger als das, was er schreiben will. Die andere mag sie, obwohl sie sich auch nicht mag, und mich mag sie nicht, obwohl ich genau an diesem Punkt mir doch überlege, ob ich mich mögen soll, damit sie mich mag.

Meine Tante sagt, vergleiche dich nicht mit anderen, sonst wird aus deinem Leben eine Mördergrube. Sie hat gut reden mit ihrem Euromillionär, und meine Eltern, wenn ich sie höre, »immer schön bescheiden bleiben, sei zufrieden mit dem, was du hast und was du bist«, diese Schönfärberei, wohin wird sie mich bringen, ja, umbringen wird sie mich. Soll mir einer sagen, wohin mit meinem Ehrgeiz in dieser Landidylle, wo zweimal ein Zug ein- und schnell wieder abfährt, nein, das geht sich nicht aus. Warum nicht einfach abhauen, wer nichts wagt, gewinnt auch nichts. Zum Siebenschläfer tauge ich nicht, den sie partout von mir wollen. Allein die Vorstellung, hier den Rest meiner Tage zu verbringen, am besten als Leiterin der Filialbank, anfangs an der Kassa, mit Wochenendkursen in der Stadt arbeite ich mich bis dahin hoch, und wenn ich sparsam bin, geht sich eine Eigentumswohnung aus, die ich nach dreißig Jahren mit dem günstigen Kredit – wozu arbeite ich in einer Bank – wirklich mein eigen nennen kann. Und bald wird hier sogar ein Golfplatz gebaut, da kann ich dann mit den Schlägern so tun, als wäre ich dem Loch entflohen, in das ich den Ball dann zwinge. Nicht einmal meine Freundin versteht mich, dabei wollte sie ja auch weg, und jetzt, nur weil sie sich neu verliebt hat, noch dazu in einen Medizinstudenten, gibt es für sie nichts anderes mehr als ihn. Wie gemein das Leben zu mir ist, aber ich werde es ihnen allen noch zeigen. Ich wette, sie weiß nicht, was sie mir damit antut, auf nichts ist Verlass, dann ist man auch schon verlassen. Gerade jetzt, wo auch ich soweit bin, einfach abzuhauen, will sie davon nichts mehr wissen. Diese scheinheiligen Argumente, die sie hat, nur damit sie hier bleiben kann. Sie sieht sich wohl schon als Ärztin plus Arzt in der gemeinsamen Praxis, praktisch veranlagt wie sie ist, und die Wohnung mit Kindern und Eltern im ersten Stock, familiär veranlagt wie sie ist, das hat sie von ihren türkischen wie tückischen Genen. Was aber, wenn alles mit allem zusammenhängt, dann hängt auch ihre Verliebtheit indirekt mit mir zusammen, was so viel bedeutet wie: der richtige Zeitpunkt ist noch nicht gekommen und das Weggehen läuft mir nicht davon. Vernünftiger ist es auch, sonst könnte man sagen, die kann aber auch gar nichts durchstehen und aushalten, nicht einmal einen Schulabschluss hat sie, und von Magie kann sie nur träumen. Was, wenn meine Freundin sich überhaupt nur verliebt hat, um mich vor falschen Entscheidungen zu schützen? Ich weiß ja aus der Physik, dass es eine Unterscheidung gibt zwischen akzidentiellen und kontingenten Elementen, und übertragen auf uns beide als Elemente bedeutet das, dass ihre Verliebtheit zwar nicht notwendig ist für mich, aber dass sie trotzdem die konstituierende Bedingung für die Notwendigkeit hierzubleiben ist. Was war nur mein Motiv, dass ich unbedingt weg, weit weg wollte?

Adolf und meine von ihm adorierte Tante führen meine Eltern und mich zu einem – wie Adolf betont – vornehmen Italiener in die Stadt, um das Zelt, die Sonne und ihre Liebe gemeinsam mit uns zu memorieren. Wie üblich verhalten sie sich, als hätten sie vor mir etwas zu verbergen, oder ist es, weil sie mir fremd erscheinen, alt und von gestern dazu? Wenn wenigstens meine Freundin hier wäre, aber sie hat wie jedes Wochenende ihren Medizinstudenten am Hals, außerdem wäre auch kein Platz mehr im Wagen gewesen. Und so ein Gefährt nennt sich Luxusschlitten. Warum bin ich überhaupt mitgefahren? Wenn ich schon nicht aus Vernunftgründen einfach abgehauen bin, so möchte ich als Entschädigung wenigstens zu einem guten Essen kommen. Der Kellner ist eine Augenweide, Adolf und mein Vater trösten sich bei seinem Anblick mit den Bundesligaergebnissen. Dann liest Adolf die Speisekarte vor, wir lesen in der jeweilig eigenen mit. Zur Auswahl steht:

ANTIPASTI	GEGENSPEISE
Piatto della casa	platt mit haus
Prosciutto San Daniele	roher schinches
Spek viennese	spek wiennen
Insalata di mare	salat von see
Cozze marinare	cozze seekiste
PRIMI PIATTI	ERSTER GANG
Spaghetti vesuvio	spaghetti aus dem vesuv
Penne arrabbiate	feder wütend
Gnocchi di patate	klosso fon kartofen
Fatti in casa	machen in hus
Tortellini panna e prosciutto	tortellini mit schinchen und sanne
Spaghetti al salmone	spaghetti mit speisezimmer

Risotto ai frutti di mare	reisgerit mit frücht fon der see
Spaghetti alla busera	spaghetti mit tomatensozzen und schampi

SECONDI PIATTI	ZWAIER GANG
Vitello tonnato	kalb band
Filetto al pepe verde	filet mit pferren-grün
Costata di manzo (s.q.)	küste rinderbraten
Braciole di maiale	schweineschnitzen mit knochen
Scaloppe panna e funghi	scaloppe mit sahne pilze
Scaloppe al vino	scaloppe mit waine
Scaloppe alla milanese	schnitzen milanese
Grigliata di pesce	gitter-rost gemischt
Coda di rospo alla griglia	seewanz von rospo gitter-rosp
Gamberoni reali	gamberoni königlicht
Frittura mista	gebachen gewischt

Adolf bestellt als Gegenspeise drei Seekisten und zwei Platten mit Haus, zum ersten Gang zwei Spaghetti aus dem Vesuv, zwei mit Speisezimmer plus eine Feder wütend und zum zwaier Gang dreimal den Seewanz von rospo gitter-rosp, zweimal gebachen gewischt. Das Essen ist vorzüglich und Alfred sagt, wie froh er sei, dass er deutsch bestellen kann und nicht wie voriges Jahr in Italien auf italienisch.

Auch meine Freundin ist glücklich, dass sie ihre Mutter zur Mutter hat und keine andere. »Ich habe mich ja oft über sie bei dir beschwert, kannst du dich erinnern, wie gern ich gehabt hätte, dass sie sich schminkt? Diesen Wunsch habe ich mir seit dem letzten Besuch in einer Diskothek abgeschminkt. Da habe ich eine Frau mit Minirock, Stiefel und hochtoupiertem Haar gesehen, mit einem so verlorenen Ausdruck im Gesicht, als ob sie ihre Jugend, wenn sie nur lang genug nach ihr suchte, noch irgendwo finden könnte. Stockbetrunken ist sie auf die Tanzfläche und man hat ihr zugerufen, ob sie sich im Jahrzehnt geirrt habe. An der Bar dann hat sie heftig zu heulen begonnen, und auf einmal war sie wieder weg. Ich habe mir überlegt, durch welche Ereignisse sie sich in diese Einsamkeit manövriert hat. Vielleicht ist ihre große Liebe bei einem Autounfall gestorben, oder noch schlimmer – ihre Augen haben mich angesehen, als ob sie mich anflehten, ihr zu helfen –, ich habe sie vielleicht an ihre Tochter erinnert, die bei einem Badeunfall ertrunken ist. Die Vorstellung, dass jeder Mensch auch ohne sein Dazutun jederzeit in Situationen geraten kann, an denen er zerbricht, hat mich in Panik versetzt. Zugleich aber hat diese Frau mir durch ihr Unglück die Fähigkeit meiner Mutter aufgezeigt, die nach dem großen Unglück, ihre Eltern auf einen Schlag verloren zu haben, doch imstande gewesen ist, meinem Vater zu begegnen, und dieser Fähigkeit habe ich zu verdanken, dass ich dir das jetzt erzählen kann.« So und gerade so könnte auch ich reden, sage ich mir und fühle mich seelenverwandt. Und wie sie möchte ich keine andere Mutter als meine Mutter, obwohl ich sie – und meinen Vater gleich dazu – am liebsten auf den Mond schießen würde, dann, wenn sie vergeblich verlangt, dass ich bescheiden werden soll. Oder ist das vielleicht meine Einbildung, dass sie sich das wünscht? Was, wenn das nicht mein Ehrgeiz wäre, sondern der ihre, an mich weitergegebene? Egal, meine Freundin und ich haben es auf alle Fälle leichter, da sie nicht den gesamten Ehrgeiz für sich verbraucht haben. Dann wäre ihre Mutter nämlich vielleicht eine Ärztin und meine Mutter vielleicht eine Schriftstellerin und für uns wäre es weitaus schwieriger, sie zu übertrumpfen. Ob alle Töchter ihre Mütter übertrumpfen wollen wie bei den Karten, die Mutter die Herz-Dame, die Tochter den Herz-König oder noch besser das Herz-As? Auch diese Frage ist irrelevant wie die meisten Fragen, die ich mir stelle. Aber wozu frage ich unentwegt, wenn ich keine sichere Antwort finde? Die Männer haben es gut, sie bauen sich einen Käfig, dort werden alle Fragen mit unsicherer Antwort weggesperrt, während ich in einer Endlosschleife herumirre. Ob gerade in meinem Gehirn Schrauben locker geworden sind? Denn diese Unart pflegt nicht einmal meine mir so ähnliche Freundin; welche Ärztin sie dann wohl wäre?

Mein Onkel aus Amerika schreibt, er will, ohne Angabe von Gründen, nach Europa zurück. Seine Frau und seine beiden Söhne weigern sich vehement gegen diese, wie sie sagen, crazy idea, sodass er jetzt ohne Familie das leben möchte, von dem seine Veranlagung schon immer geträumt hat. Mein Vater möge sich nach einer Hotelsuite umsehen, die Preisfrage sei irrelevant, in guter Nähe zu uns, das sei ihm wichtig, damit er sich nicht zu einsam fühle. Mein Vater ist über diese Nachricht zugleich verwirrt und erfreut. Die Aussicht, seinen Bruder in seiner Nähe zu wissen, stimmt ihn zwar fröhlich, doch fürchtet er instinktiv die Konkurrenz, die sein Bruder, wenn er ohne seine Frau zurückkehrt, bei ihm auslösen wird. »Was kann sein Motiv sein, gerade jetzt, so plötzlich, so unerwartet, wieder hierher zurückkehren zu wollen?« Meinen Vater quält diese Frage, er rätselt und fährt mit dem Rad zu Adolf. Er findet ihn, völlig ermattet von der fiktiven Schmetterlingsjagd, nach Luft ringend, auf dem Sofa liegend. Und hätte Adolf nicht schon hochrote Wangen gehabt, hätte er diese spätestens nach dieser Neuigkeit bekommen. Denn auch ihn quält die Konkurrenz. Seine Reaktion ist eindeutig: er ist ausschließlich verwirrt, und es wird ihm noch schwerer als damals auf der Brust, als meine Tante ihm in schwärmerischem Ton von diesem Bruder erzählt hatte. Damals waren es nur einzelne Messerstiche direkt ins Herz – gut aussehend, ein Stich, sehr vermögend, zwei bis drei Stiche, er ist verheiratet, die bisherigen Stiche waren sofort wieder verheilt. »Warum kann er nicht in Amerika bleiben, weit weg, dort soll er gut aussehend, stinkreich und sehr glücklich sein. Wenn er wenigstens nach Paris ginge, aber warum gerade in diese für Großstädter trostlose Gegend, wo es sich zwar mit seiner Liebe und den Schmetterlingen sehr gut leben lässt, aber doch nicht allein als Dauergast in einem Hotel. Und Golfplatz gibt es hier, Gott sei gelobt, auch noch keinen. Was hat ein nach Amerika Ausgewanderter hier zu suchen, wenn nicht eine verborgene Liebe, die ihn zurückruft? Er hat ja in Amerika lange genug auf sie verzichtet und denkt sicher, jetzt wäre ich mit dem Verzicht an der Reihe.« Und ebenso denkt mein Vater, leider macht Eifersucht nicht einmal vor dem Bruder halt. »Begleitest du mich auf der Suche nach einem geeigneten Hotel?«, fragt mein Vater Adolf, während dieser gerade, um sich von seiner Eifersucht zu erholen, inwendig die beiden Sätze: ›Der Lappländer hingegen ist mager und zart. Ich habe noch keinen Lappen mit einer Wampe gesehen‹, zitiert, und antwortet, »das freut mich sehr, dass dein Bruder nach Lappland umziehen will. Mein Freund, die Schmetterlingsjagd scheint dir nicht gut zu bekommen, wie kommst du auf Lappland, wo es bestimmt keine Zitronenfalter gibt? Bist du öfters so geistesabwesend, stimmt etwas nicht mit dir, bist du vielleicht krank?«, fragt besorgt mein Vater. »Du machst dir Sorgen um nichts, jedem fliegen von Zeit zu Zeit statt Pfauenaugen wirre Spekulationen ins Netz, ich muss gestehen, mein Freund, ich habe mich in der Eifersucht auf deinen Bruder verfangen«, sagt Adolf und ist erleichtert, denn leicht ist es ihm nicht gefallen, dieses zu gestehen. Mein Vater umarmt Adolf, »du bist und bleibst mein bester Freund, Bruder hin, Bruder her, meine Freundschaft ist unteilbar«, ruft er und gesteht, auch ihn habe die Eifersucht überfallen, aber ihr Grund war seine Frau.

Auch für meine Mutter und meine Tante ist die angekündigte Rückkehr des Bruders eine Sondersitzung am Mittwoch Nachmittag wert. Üblicherweise treffen sie sich aus Zeitgründen einmal wöchentlich, immer montags, um die jeweils vergangene Woche mit Akribie und aller Liebe zum Detail zu besprechen. Ihr bevorzugtes Thema ist nach wie vor die Liebe in jeder nur denkbaren Variation. Und wenn meine Tante sich ausnahmsweise schon nachmittags ein Glas Sekt gönnt mit der Einleitung: »Schließlich gönne ich mir ja sonst beinahe nichts, komm, trink auch ein Glas mit«, kann es vorkommen, dass sie Geheimnisse preisgibt, die sie von Frauen, die zu ihr kommen, erfahren hat. Dabei geht sie sehr raffiniert vor, indem sie ihre Geschichten entweder geographisch verfremdet, bevorzugte Kontinente sind Afrika und Australien, oder sie erzählt sie zeitversetzt in der Familienchronik, schreibt etwa alles der Großmutter mütterlicherseits zu, um keine Spur zur jetzt real existierenden Person zu legen. Dieses Mal ist keine falsche Fährte notwendig, sie nennt den noch Fernen bei seinem Namen, doch das Pendel hat bei der Frage, warum er wiederkehren wolle, die Antwort verweigert. Das ist ihr noch nie passiert. Bei allen Versuchen, die sie unternommen hat, Zimmerwechsel, halbdunkel oder hell, Deckenbeleuchtung mit und ohne Kerze, früh abends oder Mitternacht, nichts, das Pendel bewegte sich nicht, es stand still, als ob es gar nicht anders könnte. Vor Aufregung hat sie zu rauchen begonnen, aber nicht einmal der Rauch hat im Pendel auch nur die geringste Zuckung hervorgerufen. Eine Nichtreaktion wie diese zeigt ein Pendel normalerweise nur, wenn die Person sich nicht mehr auf dieser Erde befindet, sie aber wusste ja und spürte mit all ihren Sinnen, dass er sich bei bester Gesundheit in Amerika befand. Die einzige für sie einleuchtende Erklärung war, dass er magische Fähigkeiten besitzt und daher ein Pendel hier in Europa zu beeinflussen versteht, ihm verbot, seine wahren Beweggründe preiszugeben, und ihm befahl, sein Geheimnis zu wahren. Und sie fragt meine Mutter, ob sie sich erinnern könne, wie gerade er seine Vorliebe zur Mathematik immer wieder betont habe. Jetzt sähe sie diese Vorliebe in einem ganz neuen Licht, weil er über die Mathematik von seinen sicher auch ihn selbst irritierenden Kräften noch besser abzulenken wusste. »Wie geheimnisvoll er doch ist! Aber wie geheimnisvoll er auch sein mag, mein Pendel und ich spüren Verborgenes auf und lassen uns von niemandem in die Irre führen, das heißt, auch wenn ich seine Beweggründe nicht in Erfahrung gebracht habe, habe ich doch die noch wesentlichere Information von seiner übersinnlichen Begabung durch das Schweigen des Pendels erfahren. Und gerade er hat sich über dieses Gerät, wie er es nannte, lustig gemacht! Jetzt fällt es mir wie Schuppen von den Augen, damals, das muss ich zugeben, hat es mich gekränkt, aber er hat damals schon mit seiner Intuition vorausgesehen, dass ich ihn mithilfe des Pendels erkennen werde. Wie lange man doch braucht, um das Offensichtliche zu sehen. Wenn das Rad einmal erfunden ist, wundert sich die Menschheit, warum es nicht schon früher erfunden worden ist. Das, was hier ist, ist selbstverständlich hier, dabei vergisst man, dass zwei ganze Jahrtausende notwendig gewesen sind, damit die Aussagenlogik durch die Prädikatenlogik abgelöst werden konnte, und ohne diese läge das Computerwesen noch im Äther. Wenn man bedenkt, dass auch wir heute nicht erkennen, was brach liegt und nur darauf wartet, als reine Idee endlich von uns Menschen erlöst zu werden!« Hier unterbricht meine Mutter mit einer Berührung ihrer Schulter, ein wie magisch wirkendes Heilmittel gegen die beginnende Kopfgeburt, sie kennt ihre Schwester so gut, dass sie weiß, was folgen wird. Sie wird sich immer mehr in Labyrinthe verzweigen, die als Nervenenden mit heftigem Kopfschmerz ihren Ausweg suchen. Das Abendessen schmeckt nach diesem Kaffeehausbesuch trotz ihrer wie im Schlaf gekonnten Kochkunst verwirrt wie die Frage, ob ich in die Zukunft sehen könne. Sie wisse sehr wohl um meine Leidenschaft für Mathematik, auch wenn ich noch so viele Genügend nach Hause brächte, wäre das

Ablenkung, nichts als Ablenkung, noch subtiler als die meines Onkels, der wenigstens seine mathematische Begabung nicht leugnet, sie aber ließe sich wie ihre Schwester, allerdings ohne Gerät, nicht täuschen. Ich verstehe nur mehr Bahnhof. Und unter diesen Bedingungen soll aus mir eine Schriftstellerin werden?

Die Prominenz der Kosmologen hat sich getroffen, um das neue Teleskop ins Universum zu besichtigen. Sein Name ist Magic. Es kann acht Milliarden Lichtjahre weit schauen. Kein kosmisches Ereignis soll dem Teleskop entgehen, es wird die dunkle Materie gesucht, die existieren muss. Und was macht Adolf? Ihn lässt die dunkle Materie kalt. Er will lieber einen Flugsimulator für Schmetterlinge bauen, um herauszufinden, wie die Monarchfalter von Kanada nach Mexiko gelangen, immer Südwest. Er hat von diesem Experiment gelesen und will das Seinige dazu tun, um endgültige Klarheit zu bekommen, ob diese Falter sich nicht nur einen Sonnenkompass erflattern, sondern zu ihrer Navigation sich auch mit den Magnetfeldern der Erde im Austausch befinden. Adolf benötigt dafür die per Post aus Amerika kommenden Eier dieser wundersamen Tiere, die sich in seinem Anwesen dann aus der Larve zu Schmetterlingen entpuppen, um am Rücken zart mit Draht versehen zu werden, damit er ihren virtuellen Reiseweg studieren kann. Er sieht sich bereits als derjenige, der es der Wissenschaft zeigt, wozu ein Einzelner, ohne Netzwerk und sonstige Vorteile, die das System bereitstellt, nur aufgrund seines Forscherwillens fähig ist. Es ist Sonntag, wir sitzen beim gemeinsamen Mittagessen, und Adolf gerät so in Fahrt, dass er den Schweinebraten vergisst und ihn statt dessen zur peniblen Erklärung seines zukünftigen Experimentes heranzieht, mit dem Messer als Bleistift, und aus dem Stück Fleisch entsteht vor unser aller Augen ein mit und von Drähten durchbohrtes Tier, das nichts als der dunklen Materie entkommen möchte. Das ist, bei aller Liebe und Verständnis für die Schmetterlinge, meiner Tante zuviel und sie stellt ihn bei der Apfeltorte mit Schlag, die Adolf nicht zu essen vergisst, es ist sein von ihm bevorzugtes Dessert, vor die Wahl: »Entweder das Experiment oder ich. Du weißt, wie sehr ich dich und deine Euromillionen lieben und schätzen gelernt habe, aber du kannst kaum verlangen, dass ich mein Bett teile mit einem Mann, der die letzten Geheimnisse der Natur erforschen will, koste es was es wolle, damit seiner Eitelkeit Genüge getan wird. Lass doch diese Wesen ihrer Wege ziehen, Südwest oder wo immer ihr Kompass sie hinführt.« Das ist meine Tante, sie geht sogar das Risiko ein, ihre Liebe und damit ihr Wohlleben zu verlieren, um jedem Lebewesen den nötigen Respekt zu zollen. Adolf entscheidet sich für die Liebe und verzichtet auf seinen zukünftigen Ruhm mit halbvollem Mund. »Die werte Wissenschaft wird auch weiterhin auf meine tiefgreifenden Erkenntnisse verzichten müssen, wer weiß, vielleicht wird meine tägliche Jagd mit dem Netz von Anthropologen in ferner Zukunft gedeutet als ritueller Tanz einer untergegangenen Kulturepoche, dessen einziges Zeugnis eine Videoaufzeichnung sein wird.«

Mein Vater sagt, »das Wetter schlägt solche Kapriolen, dass wir Weihnachten im Schwimmbad verbringen werden, mit einer Weihnachtsgans am Spieß. Dazu werden wir uns in praller Sonne, mein Bruder ist das ja aus Florida gewöhnt, einen Bordeaux superior, oder noch besser, einen Burgunder grand cru genehmigen, dekantiert persönlich von mir unter einem Sonnenschirm. Wir müssen schließlich nicht jedes Jahr dem Châteauneuf-du-pape die Treue halten, der wird wieder geöffnet, wenn es zu Weihnachten schneit.« Er hat seit einer Fernsehsendung über französische Weine die Angewohnheit, sich als Kenner hervorzutun und eine Flasche Châteauneuf-du-pape hat es bei uns noch nie gegeben, mir ist von vorigen Weihnachten eine Flasche Chianti in Erinnerung. Noch peinlicher ist nur, wenn er seine Miniaturstudien über Essig preisgibt, und das nicht nur zuhause, nein, auch im Supermarkt, wenn wildfremde Damen zur Hesperidenflasche greifen, ist er um Aufklärung bemüht, »gnädige Frau, Sie müssen wissen, Essig ist nicht gleich Essig, wie bei guten Weinen bestimmt auch hier der Jahrgang seine Qualität. Würden Sie bei einem Cognac zu einem Asbach Uralt aus der Werbung greifen oder zu einem Raymond Ragnaud?« Was ist nur in ihn gefahren, vielleicht der Flaschengeist, von dem er vorgibt, so viel zu verstehen. In einem solchen Moment möchte ich am liebsten so tun, als wäre ich mit ihm weder bekannt noch verwandt. Warum verbietet meine Mutter dieses unmögliche Benehmen nicht, es muss ihr doch ebenso peinlich wie mir sein, vielleicht ist sie an ihn schon so gewöhnt, dass sie durch diese Charakterveränderung hindurchsieht, als wäre er immer schon so gewesen, oder er ist ihr so gleichgültig geworden, dass sie sich sagt, ›ob französisch oder nicht, ich höre gar nicht mehr hin, das ergibt nur unnötigen Streit.‹ Ich bin aber nicht sie, mir ist mein Vater noch nicht gleichgültig genug, dass ich ihn nicht frage, warum er sich auf einmal so benimmt wie der, den wir früher zum Vergnügen, als wären wir selbst Bürger erster Klasse, imitiert haben. Ich warte bis zum Abendessen, um ihn in

Anwesenheit meiner Mutter zur Rede zu stellen, damit sie meine Courage bewundern und ich ihr als Beispiel dienen kann. Mit »bonjour tristesse« begrüsst er mich und ich, »es ist Abend und trist bin nicht ich, sondern du, weil du dich wie der letzte Bourgeois benimmst, auf deutsch Spießbürger oder in meiner Übersetzung Angeber.« Er und sie lachen. »Es tut mir leid, ma petite, ich habe vergessen dir zu erzählen, dass ich zur Zeit eine interessante Feldstudie betreibe. Ich möchte herausfinden, wie Menschen auf mich reagieren, wenn ich plötzlich ein bis dahin fremdes Verhalten an den Tag lege. Und noch dazu habe ich bei einer Fernsehsendung über Weine eine Reise nach Paris für zwei Personen gewonnen. Praktisch veranlagt wie ich bin, treffe ich mit dieser Übung gleich zwei Fliegen auf einen Schlag, ich übe französisch für die Franzosen und beobachte die Reaktion auf mein Französisch.«

Etwas an meiner Mutter ist anders als üblich. Sie reagiert auf keine noch so markante Merkwürdigkeit, nimmt ihre Schwester, die sich täglich an ihrem Liebesfang ergötzt, nimmt Adolf, der keuchend seiner Luft und den Schmetterlingen nachhetzt, nimmt meinen Vater, der sich auf die Seite der Franzosen geschlagen hat, nimmt mich mit meinen Schwankungen so selbstverständlich an, als könnten wir nicht anders. Sie erinnert an eine Mischung aus Theresa und Buddha und dabei ist sie wie immer hübsch geschminkt. Das Einzige, was sie nicht auf diese stoische Art bewältigt, sind ihre für sie nach wie vor überflüssigen Kilos. »Warum ist gerade bei mir alles verkehrt, wenn ich schon beim Zuschauen zunehme, so wäre es nur gerecht, dass es mir dabei wenigstens den Appetit verdirbt, aber nein, umso mehr steigt die Gier nach einer dicken Schokolade hoch, und keine Meditation kann mich davon befreien.« Das also ist ihre Methode, sich in steter Gelassenheit zu üben, und jetzt wird klar, warum sie jeden Tag um dieselbe Zeit in ihr Zimmer entschwebt und niemand sie, aus welchen Gründen auch immer, stören darf. Diese Anweisung ist dermaßen strikt erfolgt mit der dazugehörigen Aufforderung, keine Fragen zu stellen, dass mein Vater und ich uns tatsächlich daran halten. Ein Übertreten wäre uns wie ein entsetzlicher Tabubruch vorgekommen. Wie scharf ich doch wahrnehmen kann! Ich habe sofort bemerkt, dass sie sich irgendwie merkwürdig benimmt, obwohl ich nie genau beschreiben konnte, was an ihr anders ist als sonst. Wenn sie sich noch länger diesen asiatischen Übungen hingibt, wird es bald auch kein Lamento mehr in Bezug auf ihr Gewicht geben, weil sie ihre Kilos so vergeistigt haben wird, dass sie federleicht geworden sind. Die Vorstellung, dass sie sich nie mehr über mich ärgern wird, dass sie nie mehr meinem Vater die Leviten liest, wenn er zu viel Bier getrunken hat, dass sie nie mehr auf die zur Verfügung stehenden Millionen ihrer Schwester schielt und ich nie mehr ihren Kommentar höre, bei jedem Liebespaar, das ihr auf der Strasse oder auf der Leinwand begegnet, »wie glücklich sie doch sind, da könnte ich beinahe neidisch werden«, könnte ich zu heulen beginnen. Ich bin dafür, dass sie an sich arbeitet und Einsichten gewinnt, vor allem, was mich betrifft, aber ich möchte doch nicht mit einer Heiligen zusammenleben, die tagaus tagein dasselbe gläserne Lächeln zur Schau stellt, bei dem ich nur raten kann, was sich noch dahinter versteckt, wie bei den Chinesen, die sind mir gleich unheimlich, und die Japaner auch, überhaupt, warum muss es gerade Meditation sein, kann sie nicht, wie andere auch, einmal pro Woche in den Turnverein und dort ihre unterdrückten Aggressionen beim Volleyball austoben? Dass ich in so jungen Jahren mich schon so gravierenden Veränderungen stellen muss, das Mindeste, was sie tun hätte müssen, wäre gewesen, mich zu fragen, ob ich einverstanden bin, dass sie sich in ein solches Abenteuer stürzt. Soll sie doch warten mit diesen geistigen Turnübungen, bis ich außer Haus bin. Was aber, wenn gerade diese Methode mir dazu verhilft, mich weder durch die Schule noch durch sonst jemanden aus der Fassung bringen zu lassen? Nie wieder Angst vor Prüfungen, niemand, der es fertig bringt, mich zu verletzen, was immer auch geschieht, geheimnisvoll lächeln wie eine geheimnisvolle Chinesin, von niemandem durchschaut, das ist ein Schutzwall gegen die Welt, eine unbezwingbare Festung. Angenommen, ich wäre so klug, dass ich gegen das, was ist, keinen Widerstand mehr leisten würde, dann wäre auch die Angst vor dem Versagen oder Unrecht zu haben nicht mehr notwendig, ich müsste mich nicht mehr ständig bedroht fühlen, nur – wie bringt man einem Fisch das Fliegen bei? Da sagt meine Mutter, es gibt ein Wissen, von dem der Verstand nichts weiß. Sie muss es ja wissen.

Was niemand gedacht hätte, ist eingetreten. Die erfolgreiche Freundin meiner Mutter ist arbeitslos geworden, der deutsche Großkonzern hat Konkurs gemacht. Sie schreibt, ihr Abstieg sei nun besiegelt, aus sei für immer ihr Traum, als Kind armer Eltern im hohen Alter wieder in ihren Geburtsort zurückzukehren, um hier als reiche Frau zu sterben. Seitdem sie sich erinnern könne, habe sie nur ein Ziel verfolgt, nämlich dafür zu sorgen, dass sie nie einen Geldschein zweimal umdrehen müsse, um ihn einmal auszugeben. Beinahe hätte sie ihre Angst vor mageren Zeiten vergessen, doch wie zur Bestätigung, als sei diese immer schon berechtigt gewesen, gerate sie jetzt in diese pekuniär bedrohliche Situation. Wahrscheinlich waren ihre geradezu wahnhaften Kaufräusche nichts anderes als ein Versuch zur Beruhigung ihrer Panik, sie könne eines Tages noch tiefer fallen als befürchtet. Sie wisse, alles Werden hat sein in ihm angelegtes Vergehen, sie wisse, auch ein Riesenbaum muss sein Wachstum beenden, doch ihre Karriere und die damit verbundene Geldvermehrung habe sie wie die Ausdehnung eines unbegrenzten Universums empfunden. Nun habe sie vor, ihre Tochter aus dem Schweizer Internat zu nehmen und gemeinsam mit ihr in ihren Heimatort zurückzukehren, und fragt, ob meine Mutter als ihre beste Freundin bereit wäre, ihr in der schwierigen Anfangsphase beizustehen, und ob ich mir vorstellen könne, etwas gemeinsam mit ihrer Tochter zu unternehmen, damit diese die neue Lebenssituation besser annehmen könne. Und sie will noch erfahren, ob sich meine Eltern vorstellen könnten, mit ihr gemeinsam ein kleines Restaurant zu eröffnen, sie wisse nur zu gut um die Kochkunst ihrer Freundin und habe immer schon meinen Vater, durch seinen stets freundlichen und charmanten Umgang mit Menschen, als Beispiel eines idealen Wirtes gesehen. Sie gehe gern das Risiko ein, ihr noch verbliebenes Geld dafür zu investieren, und wünsche sich, meine Eltern als gleichberechtigte Teilhaber, jeden in seiner ihm entsprechenden Funktion, für dieses Vorhaben zu gewinnen. Mein Vater hat sekundenschnell jeden gegen sie jemals vorgebrachten Einwand vergessen und beginnt in seiner Aufregung, über Geburt und Tod, Gewinn und Verlust, Wachstum und Zerstörung als notwendige Zyklen zu sprechen, während seine Hände in gestikulierender Welle sich mitbewegen in einem Auf und Ab. Meine Mutter vergisst ihre durch Meditation geübte Contenance und zeigt glühende Wangen vor Freude, nie hätte sie sich auch nur in Gedanken erlaubt, ihren Kochlöffel einmal als Zepter in einer Großküche zu rühren. Ich bin nach dieser Ankündigung eher skeptisch und überlege, ob ihre Tochter möglicherweise, verdorben durch das Schweizer Internat, eine so eingebildete Gans ist, dass ich sie nicht ausstehen kann, dass sie aber trotzdem wie eine Klette an mir kleben wird, und dann?

Meine Freundin hat sich von ihrem Freund getrennt. Er hat sie sexuell so bedrängt, dass ihr jede Lust vergangen ist. Sie mag nicht, wenn es nichts anderes als nur das eine gibt, dann kommt sie sich vor »wie eine Henne, die pünktlich und täglich vom Hahn bestiegen wird.« Vor jeder Begegnung mit ihm hat sie heimlich gebetet, dass diese Maschine einmal stillsteht, aber nein, wieder umsonst gebetet. Regelrecht Atemnot hat sie bekommen bei der Vision, das ginge die nächsten Jahre so weiter, gesicherte Zukunft hin oder her, das war ihr zu eng, und dann noch seine Eifersucht. Sie hat sich in die Türkei zurückgesetzt gesehen und hätte niemals geglaubt, dass nicht nur moslemische Männer ihre Frauen als ein Stück Eigentum betrachten, nein, auch er hätte sie am liebsten verschleiert auf der Strasse gesehen, und zuhause dann wieder nackt. Wie glücklich war dagegen ihre unglückliche Liebe zum Mathematikprofessor, er hat ihre Verliebtheit nicht mit harten Tatsachen gestört. Und überhaupt, sie möchte nicht das Leben ihrer Mutter nachleben. Sie fragt mich, ob mein Vater der einzige Mann im Leben meiner Mutter gewesen ist, bei ihrer Mutter sei sie sich ganz sicher. Darüber habe ich mir noch nie Gedanken gemacht und wundere mich, warum nicht, wenn ich mir doch sonst über alles den Kopf zerbreche, aber das ist mir noch nie in den Sinn gekommen, sie danach zu fragen. Ich habe öfters Jugendfotos meiner Mutter und meiner Tante angeschaut, zwei sehr hübsche Mädchen, haben sich die beiden niemals in den gleichen verliebt? Das wäre entsetzlich, wenn meine Freundin und ich uns in denselben verschauen würden, oder er würde sich in sie verlieben, sie sich aber nicht in ihn, dafür würde ich mich in ihn verlieben, dann wäre meine Freundin auf einmal meine Feindin, meine Erzrivalin, und ich könnte ihr gar nichts vorwerfen, sie könnte ja nichts dafür. Überall und immerzu lauert die Gefahr, in einen tiefen Abgrund zu stürzen, nein, es ist unmöglich, dass sich meine Mutter mit ihrer Schwester jemals in Rivalität um einen Mann verfangen hat, sonst könnte ihr Verhältnis nicht sein, wie es ist. Alles kann man einer Freundin oder einer Schwester verzeihen, nur nicht, wenn die fatale Liebe mitspielt. Wie muss das sein, wenn ich eine Schwester hätte, und mein Vater würde sie mehr als mich lieben, oder einen Bruder, den meine Mutter mehr als mich lieben würde. Und wie arm ist erst der von meiner Freundin verlassene Freund, er begehrt sie rasend und sie hat die Nase voll von ihm. Wie soll er jemals sein Studium beenden können in dieser menschlichen Tragödie? Hoffentlich stürzt er sich von keinem Berg, wieviele Menschen haben sich schon wegen kleinerer Tragödien vom Berg gestürzt. Darf sie sich überhaupt von ihm trennen? Was würde ich an ihrer Stelle tun? Sie liebt ihn nicht mehr, aber ist das Grund genug, das Risiko auf sich zu nehmen, dass der nicht mehr Geliebte sich deswegen das Leben nimmt? Angenommen, ich schwöre ewige Liebe, und es stellt sich heraus, dass ich ihn nicht mehr liebe, darf ich ihn dann verlassen, obwohl ich ihm ewige Liebe geschworen habe? Wie kann ich überhaupt ewige Liebe schwören? Habe nicht auch ich in meiner ersten Verliebtheit ewige Liebe geschworen, und was ist aus ihr geworden? Ich habe ihn beinahe vergessen. Es ist wahr, ich habe mit ihm Schluss gemacht und nicht er mit mir, und dass er sich nie mehr gemeldet hat, obwohl ich mich ihm wieder zugewendet habe, weil ich ihm ewige Liebe geschworen habe, ist nicht meine Verfehlung, ich bin schuldlos, den Schwur hat er gebrochen, nicht ich, diese meine Krise hätte er meistern müssen, wenn er mich geliebt hätte. Und diese Krise muss auch der verlassene Freund meiner Freundin meistern, wenn er sie liebt, dann muss er zusehen, dass sie sich wieder in ihn verliebt. Er hat ja auch alles getan, dass sie ihn nicht mehr liebt. Eigentlich ist alles einfach, er ist selbst schuld, wie kann man nur so gefühlsunklug sein und das Begehren meiner Freundin so sehr mit Füssen treten, dass sie jetzt nicht mehr will.

Jetzt habe ich meine Freundin wieder ganz für mich. Dafür sind meine Eltern unansprechbar, sie sind geradezu bedrohlich in ihre unerwartete Zukunft verstrickt. Leistung, wenn ich das Wort schon höre, »das Geld wächst nicht auf den Bäumen, wer weiß, wie teuer deine Berufsausbildung noch wird, zu den Fleißigsten zählst du gerade nicht, das ist unsere letzte Chance, noch einmal ganz von vorn zu beginnen, wir können irgendwann nicht mehr begreifen, wie unzufrieden du mit dir und allem bist. Zu jeder Zeit ist die Welt gleich falsch, du aber meinst, nur du bist dazu auserkoren, die Falschheit und Verlogenheit zu fühlen, immerzu nichts als Kritik, mach lieber einen Vorschlag, wie und was man besser machen könnte, aber da schweigst du, gerade dann, wenn du einmal reden solltest.« Das ist auch mein Vorwurf, warum ich so pessimistisch sein muss, mir wäre lieber, ebenfalls in Optimismus zu schwelgen, Pioniergeist zu zeigen, je mehr, desto besser, immer voran, was immer auch geschieht, aber woher nehmen, nicht einmal stehlen lässt sich der, und imitieren lässt er sich auch nicht, wie an mir zu sehen ist. Auch mein Menschenverstand sagt mir, dass es besser wäre, nicht ein Gesicht wie ein Jammertal mit sich herumzutragen, wie oft habe ich gehört, »lächelst du hin, dann wird dir zurückgelächelt, das Grundgesetz lautet, wie man in den Wald ruft, so kommt es zurück.« Wie steht es dann mit den Mächtigen, bei denen verschluckt der Wald wohl jedes Echo. Jeder kommt verwunschen zur Welt und muss sein jeweiliges Zauberwort finden, was, wenn ich es nie finden werde? Bin ich mehr verzaubert als andere? Und das soll Gerechtigkeit sein? Am besten, ich wäre ein Bär, dann könnte ich mich in eine Höhle verziehen und so lange Winterschlaf halten, bis ich mit dem fertigen Schulabschluss wieder erwache. Was hilft mir aber das schönste Maturazeugnis, wenn die Welt bleibt, wie sie ist. »Wie du die Welt wahrnimmst, das steht in deiner Verantwortung, sie jedenfalls richtet sich nicht nach dir«, das wäre schrecklich, würde sie es tun, schon die Vorstellung von Gerechtigkeit für alle kann ich mir nicht vorstellen, dann dürfte es nur gesunde, schöne, wohlhabende sechs Milliarden Menschen geben, nein, ich muss nicht für alle denken, es genügt die Vorstellung, dass ich mir nicht einmal vorstellen kann, was ich in meinem Umfeld gerechter machen würde, alle Mitschüler in meiner Schule sind gleich ausgezeichnete Schüler und wir alle stammen von wohlhabenden Eltern und sind alle gleich hübsch und gleich talentiert und gleich fröhlich, »denke nicht immer in Alles-oder-Nichts, es kommt auf die Nuancen an«, dann gerate ich in die nächste Sackgasse, wie soll ich auf gerechte Weise entscheiden, wer es in meiner Klasse außer meiner Freundin besser haben soll, einer bleibt dann doch immer auf seinem ungerechten Unglück sitzen, dann ist es noch am besten, diese eine Unglückliche bin ich.

Mein Onkel hat uns zum Narren gehalten, was ist nur los mit ihm, dass er so plötzlich, wie er den Entschluss gefasst hat, ihn ebenso plötzlich wieder verwirft und telefonisch meinem Vater seine Nichtrückkehr meldet. Ohne irgendeine Erklärung, nur: Es tut ihm leid, wieviel Umstände er möglicherweise verursacht habe. Zu Besuch komme er sicher, im Moment aber werde er sich in ein Blockhaus in Kanada zurückziehen, um zur nötigen Ruhe zu finden, und kündigt damit seine völlige Unerreichbarkeit an, die uns aber nicht zu beunruhigen brauche. Wenn er genug von seiner Abgeschiedenheit habe, werde er sich wieder melden. Umsonst war die ganze Aufregung um seine Rückkehr. Die Angst ist keine infantile Reaktion und sie war sicher der Grund seiner Absage, was aber war das Motiv seiner ehemaligen Absicht? Ich sehe in den Augen meiner Eltern durch diese Absage die Angst vor der Absage des Restaurantprojektes aufglimmen, wenn das eine nicht eintritt, warum sollte dann das andere eintreten? Welche Stütze wäre er gewesen bei dieser Lebensänderung, die ihnen vorschwebt durch das ihnen gebotene Angebot, nie wären sie von sich aus zu diesem Aufbruch gelangt, wie sie nie von sich aus auf die absurde Idee gekommen wären, dem Bruder zu sagen, er solle für immer zurückkommen. Er hat in ihnen durch seine Absicht erst ihren Wunsch hervorgerufen, und jetzt ist doch wieder alles so, wie es gewesen ist, er bleibt abwesend, nur in der Gegenwart als Zukunft war er bis zu seiner Absage wieder anwesend. Mein Vater sagt, er fühle sich wie einer, der sich eine Woche lang über seinen Lottosechser freut, dann aber den Schein nicht mehr wiederfindet, meine Mutter sagt, dass sie mit ihrer Meditation aufhört, so enttäuscht sei sie, heimlich habe sie schon ihren Schwager und ihre Freundin als Liebespaar visioniert, alles umsonst, wozu wird die Vorfreude überhaupt verschenkt, wenn die Freude dann doch nicht eintritt. Aber sie wäre nicht meine Mutter, wenn sie nicht sagen würde, dass diese Nachricht auch eine gute Nachricht sein könnte, wer weiß, vielleicht hätte sich durch seine Anwesenheit die ganze Familie zerstritten, vielleicht hätte er meine Freundin verlassen von einem auf den anderen Tag, oder vielleicht wäre gerade dieses Flugzeug, das ihn nach Europa bringen sollte, abgestürzt. Das Glas ist sowohl halbvoll als auch halbleer, wo kämen wir hin, wenn alles so ginge wie wir uns das wünschen, eigentlich hat sie dieser Ankündigung nie vertraut und vertraut daher umso mehr ihrem Instinkt. Jetzt verstehe sogar sie, die nichts vom Pendeln versteht, den Stillstand des Pendels, und prophezeit, als wäre sie ihre eigene Schwester, er werde eines Tages plötzlich und unerwartet in unserem Garten stehen.

Meine Mutter hat eine neue Leidenschaft: »Die Zeit, die ich durch das Aufgeben der Meditation gewonnen habe, verwende ich lieber zum Studium von Heilpflanzen, das ist ein Wissen, das sich unserem Projekt harmonisch einfügt, denn bei uns soll nicht nur gut, sondern auch gesund gekocht werden.« Am meisten hat es ihr die gewöhnliche Schafgarbe angetan. Ein ganzer Kosmos liege in dieser Pflanze verborgen; wenn in vorigen Jahrhunderten der Teufel in einen gefahren ist, hat man aus ihr – nicht umsonst heißt sie auch Jungfernkraut – und anderen Kräutern, über die zuvor sieben Messen gelesen worden sind, einen Trank hergestellt, der aus einer Kirchenglocke getrunken werden musste. Ich überlege, ob ich dieses Rezept nicht für mich verwenden könnte, wer weiß, ob sich nicht auch bei mir ein Teufel eingenistet hat, schaden kann es auf keinen Fall, nur: wie komme ich zu sieben Messen und einer Kirchenglocke? Die nächste Verwendungsart ist leicht durchführbar, nichts was mit Kirche zu tun hat, ist nötig, ich muss nur Schafgarbenblätter in die Nase stecken, dann mit dem Finger auf die Nase schlagen und schon kommt es zu Nasenbluten, es soll ein viel verwendetes Mittel von Schülern gewesen sein. Warum erfahre ich erst jetzt davon, damals, beim Religionsunterricht, während der Kreuzigung, wäre der richtige Zeitpunkt für mein Nasenbluten gewesen und der Herr Theologe hätte mich respektvoller behandelt. Diese Pflanze soll auch bewährte Hilfe in Liebesangelegenheiten leisten. »Kommt ein junges Paar zu uns als Gast«, schwärmt meine Mutter, »und ich spüre, das Mädchen ist sich seiner Liebe nicht sicher und er ist sich ihrer Liebe nicht sicher«, so wird sie ihr Schafgarbenblätter und den Beitext – der Briefkopf wird aus Name, Adresse, Öffnungszeiten des Restaurants bestehen – ›Drehe das Schafgarbenblatt dreimal in der Nase herum und denk dabei an den Liebsten, wenn Blut aus deiner Nase fließt, kannst du annehmen, dass du wiedergeliebt wirst‹, mitgeben und er bekommt den Beitext, dass er dabei an die Liebste denken muss. Meine Mutter findet, dass das eine bessere Werbung für das Restaurant wäre als eine Einladung auf Haus zum Ausklang eines Abendessens, sie ist der Ansicht, ein Restaurantbesitzer habe nicht nur die Aufgabe, die Gäste sich wohl fühlen zu lassen während ihrer Konsumation. Welch brach gelegenes mütterliches Talent das Tausendblatt mir doch zeigt! Diesem Katzenkraut wird aber auch die Fähigkeit zugemutet, mir im Traum meine künftige Liebe vorzuführen, wenn ich es mit einigen Beschwörungsworten unter das Kopfkissen lege, allerdings nur wirksam bei einer Pflanze, die vom Grab eines früh Verstorbenen gepflückt wurde. Was aber, wenn ich, wie manche Menschen, bereits auf die Berührung mit einer Allergie reagiere? Nein, dieses Risiko gehe ich für keinen Traummann ein. Ich muss meine Mutter warnen, dass es ein Restaurant für Nichtallergiker werden muss, ich reagiere schon bei der Vorstellung der Nachricht von einem jungen Paar, das nach einem Restaurantbesuch mit schweren Hautausschlägen in ein Krankenhaus eingeliefert werden musste, mit heftigem Juckreiz.

Wie unerwartet das Ersehnte geschieht. Ich bin einem jungen Mann auf der Strasse begegnet, ohne Wunderpflanze, nicht im Traum, und bei seinem Anblick ist mir fast das Herz still gestanden. Wie ist es möglich, dass dieser engelhaft Schöne sich in unsere Gegend verirrt hat? Ich habe mir geschworen, mit ihm und niemand sonst will ich meine erste Liebe machen. Wie aber soll ich ihn kennenlernen? Was ist, wenn er tatsächlich wie ein Traum nur einmal in meiner Realität aufgetaucht ist, um sofort wieder zu verschwinden, weil er sich gedacht hat, ›dieses Kuhdorf sieht mich bestimmt nie wieder, nicht einmal meine Zigarettenmarke gibt es hier.‹ Das darf nicht sein, die Grenzen meiner Realität sind die Grenzen meiner Gedanken. Hat nicht meine Tante mir berichtet, dass das schon lange leerstehende Haus in ihrer Nähe endlich verkauft worden sei, und hat sie nicht noch gescherzt, dass der Käufer der Ersatz für den nicht gekommenen Bruder sei? Er kann der Sohn des Käufers sein, und ich bin dazu bestimmt, mit ihm die schönste und ungewöhnlichste und vollkommenste Liebesgeschichte zu leben, die jeden geschriebenen Roman übertrifft. Und wenn er nicht der Sohn ist und sich nur zufällig hier auf Durchreise befindet, so wird er seine Pläne ändern. Er wird alles tun, um mich zu finden, unmöglich, dass ich empfinde, was ich empfinde, ohne dass er empfindet wie ich. Und auch wenn es möglich wäre, dass er nichts für mich empfindet, so kann ich doch nicht anders, auch wenn ich weiß, in der Liebe gibt es viele Verlierer. Hätte mein Verstand nur die Möglichkeit, sich gegen diese Leidenschaft zu wehren! Aber wie getrieben zieht es mich zu ihm, nichts hat die Natur an ihm vergessen, was ich in meiner Sehnsucht erdacht habe. Wie sagt man so schön: Die Frau wählt, der Mann wird erwählt. Was aber, wenn er nicht nur von mir, sondern von vielen erwählt wird und er alle, die ihn erwählen, begehrt, weil ja die Natur nichts an ihm vergessen hat? Wieviele ihn auch erwählen, er wird sie nicht erhören, in der Liebe, wie gesagt, gibt es viele Verlierer. Bin ich endgültig verrückt, dass ich einen jungen Mann auf der

Strasse sehe, und von einem Moment auf den anderen gibt es nichts anderes mehr als ihn? Der Tag ist nicht die Nacht, rasendes Herzklopfen ist kein Indiz für Liebe, das habe ich schon einmal als junges Mädchen in Italien erlebt, aber doch anders, das darf nicht sein, dass gerade mir das passiert, die ich immer über die Liebe auf den ersten Blick gelästert habe. Wenn ich in der Physikstunde noch immer an ihn denke, wenn ich in der Mathematikstunde noch immer an ihn denke, wenn ich mit meiner Freundin im Café sitze und noch immer an ihn denke, nicht auszudenken, wie monoton und fixiert meine Welt wegen eines Blickes dann wäre. Ich habe in der Physikstunde an ihn gedacht, ich habe in der Mathematikstunde an ihn gedacht, ich habe den ganzen Nachmittag an ihn gedacht, und auch meine Freundin hat es nicht zuwege gebracht, dass ich nicht an ihn denke.

Wenn ich mich verliebe, ist das wie eine Geburt, die geschieht; in deren Folge ich mich dann ein Leben lang um meine Existenz sorge, wie auch darum, mit wem ich Liebe mache, damit ich nicht noch mehr Sorgen weitergebe. Ist das berechnend? Wäre meine Mutter so berechnend gewesen wie ich, hätte sie sich nicht meinen Vater erwählt, und ich wäre nicht die, die ich bin. Hat mir vielleicht meine Großmutter diese Überlegungen vererbt? Seit Generationen kämpft meine Familie um das fatale Geld – ist es nicht schon deshalb geradezu meine Pflicht, darauf zu achten, wem ich mich hingeben möchte? Soviel weiß sogar ich, dass Geld nicht nur Freiheit bedeutet. Angenommen, ich frage mich nicht, ich gebe mich nichts als meinem Begehren hin, und jede Hingabe bedeutet auch das Risiko der Menschheitsvermehrung, und schon beginnt das nächste Elend. Wenn ich dermaßen spekulativ weiter spekuliere, dann dürfen sich nur mehr die Reichen dem Luxus der Vermehrung hingeben, einen Vorteil hätte es, das Problem der Überbevölkerung würde in der nächsten Generation dem des Aussterbens weichen. Angenommen, ich würde mir keine Gedanken machen, es kommt, wie es kommen muss, Verstand beiseite, Rock hoch, er wäre ein Durchreisender für eine Nacht, ohne Ausbildung, ohne Geld, und trotzdem wäre es die moralische Pflicht meiner Eltern, dass sie sich über den zukünftigen Erdenbürger in Blutsverwandtschaft freuen müssten, »wir halten zusammen, was auch geschieht, was wären wir für Eltern, ihrem einzigen Kind gerade in einer solchen Situation nicht beizustehen«, welche Kettenreaktion eine einzige Vereinigung möglicherweise nach sich zieht, ich müsste allen meinen Plänen, bevor ich sie noch kenne, schon adieu sagen, um mich nichts als meinen Mutterinstinkten zu widmen, in der Hoffnung, sie oder er wird auch einmal erwachsen und dann kann ich noch immer in die Welt ziehen, um eine spätberufene Reiseschriftstellerin zu werden. Noch besser, ich erfinde mir die Welt schreibend mit Kind bereits zuhause.

»Die Kunst muss kalt sein (großes klassisches Prinzip)«, mir wird heiß bei diesem Satz, entweder ich muss den Trieb nach meinem Traummann aufgeben oder meinen Trieb nach der Schrift, der mich ebenso begleitet wie meine Liebesbesessenheit. Wie soll es mir nur gelingen, kalte Kunst zu schreiben, es ist schon schwer genug, die Sprache in Kunst zu transformieren – doch damit nicht genug, sie muss auch noch kalt sein. Was habe ich zu tun? Ich muss mich entscheiden wie ein Wanderer, der sich entscheiden muss, welchen der zwei vor ihm liegenden Wege er zu gehen bereit ist, allerdings stünde ihm auch offen, die Verweigerung zu wählen, sein Dasein stoisch vor der Wegkreuzung zu verbringen oder sich in die offene Erde zwischen den beiden Wegen zu katapultieren. Nirgendwo aber entkommt man, durch die notwendige Begrenztheit jeder Entscheidung, dem Verzicht und dem Mangel, auch die Verweigerung ist eine Entscheidung, möglich, dass diese den größten Mangel in sich eingeschlossen hat, keine Liebe, keine Kunst, und doch die Möglichkeit zur Einsicht, dass der Mensch mehr ist als seine Lebenssituation, in die er sich über die Entscheidung bringt. Diese Einsicht ist aber auch gegeben, wenn er sich für einen der beiden Wege entscheidet: wählt er die Liebe, wird er Verzicht erleben, wählt er die Kunst, wird er Verzicht erleben, wählt er die Nichtwahl, wird er Verzicht erleben und dazu noch das Undurchschaubare jeder Existenz ertragen oder muss den Verzicht einbetten in die Transzendenz des Unsagbaren, das größer ist als das, was gedacht werden kann. Wie ich mich doch fürchte, lächerlich zu sein in dem, womit ich mich quäle. Vielleicht bedeutet die Aussage »Die Kunst muss kalt sein« nichts anderes, als dass man in Distanz zu sich selbst treten muss, bevor die Welt der Abstraktion beginnen kann. Ich werde in Distanz zu mir selbst gehen und nicht mit dieser Ernsthaftigkeit mich selbst ernst nehmen, das schadet keinem der beiden Wege und der Verweigerung sicher auch nicht.

Ein Ereignis ergibt das nächste Ereignis. Seit einer Woche haben die Freundin meiner Mutter und ihre Tochter die neue Wohnung bezogen. Gestern waren meine Mutter und ich zum ersten Mal zu Besuch bei ihnen. Die Wohnung und die Tochter sind anders als ich sie mir vorgestellt habe. Es gibt eine Essküche, Bad, zwei mittelgroße helle Räume und einen schönen Balkon. »Die Küche ist jetzt auch unser Salon, für ein Abendessen mit Gästen fehlt sowieso die Zeit und das Geld«, sagt die Freundin meiner Mutter und bittet uns, ob wir uns nicht in das Tochterzimmer zurückziehen könnten, ihre Freundin und sie hätten ihr Restaurantprojekt zu besprechen, das würde uns sicher langweilen. Ihre Tochter ist ein Jahr älter als ich und sie ist alles, nur nicht arrogant, wie ich befürchtet habe. Ich mag sie vom ersten Moment an und fühle mich in ihrem Zimmer beinahe wie bei mir, was seltsam ist, denn neue Räume irritieren mich gewöhnlich. Und schon hat sie mir einen Brief mit der Aufforderung in die Hand gedrückt, ich möge ihn lesen, sie brauche dringend Hilfe. Sie wisse, wie ungewöhnlich ihr Verhalten sei, schließlich sehe sie mich zum ersten Mal, aber ihre Mutter habe in den letzten Tagen so oft von uns erzählt, dass ich ihr sofort vertraut gewesen sei, beinahe wie eine Schwester, nach der sie sich immer gesehnt habe. Ich überlege, ob ich meine Freundin verrate, wenn ich diesen beinahe schwesterlichen Gefühlen mit schwesterlichen Gefühlen antworte. Drei Schwestern sind mehr als zwei Schwestern. Aber existiert nicht in der Freundschaft wie in der Liebe Eifersucht und Rivalität? Und wenn es auch so ist, ich bin mir sicher, meine Freundin wird auch ihre Freundin werden, mit der jeweiligen Eifersucht werden wir zurande kommen, sie bewegt sich sowieso hin und her, wichtig wird nur sein, dass wir zusammenhalten wie drei Musketiere, das Paar bleibt reserviert für die Leidenschaft. Welches Glück im Unglück ich habe. Endlich kann ich wieder, ohne Schaden zu nehmen, von meinen abwegigen Gefühlen berichten, sie wird mir bestimmt gern zuhören, wie ich versuchen werde, ihr mit Rat und Tat in dieser wichtigsten aller Angelegenheiten beizustehen. Ich öffne den Brief, ein Foto fällt zu Boden, und er ist es. So grausam kann das Leben mit mir nicht spielen! Welcher Teufel will mich vernichten? Unter Millionen Möglichkeiten muss gerade meine Liebe die Liebe der Tochter der Freundin meiner Mutter sein, die vor Sekunden in mein Leben getreten ist. Wie bei den Verwechslungs- und Verwirrkomödien, nur dass es eine real erlebte Tragödie ist, wo ich mir beim Lesen gedacht habe, nichts als Konstruktion, die am Leben vorbeigeht, damit die Romanze sich ausgeht. Es ist mir so schlecht, als hätte ich eine giftige Muschelbank in mir, die mich langsam dahinsiechen lässt, nie und niemandem werde ich davon erzählen, nur meine Tante soll wissen, was sie mit ihren Fähigkeiten, die sie nicht zu beherrschen imstande ist, an sogenannten Zufällen ständig produziert, schlimmer als jeder Zauberlehrling. Wie schnell kann Verwandtschaft zerbrechen und zur Feindschaft mutieren. Nein, meine Tante ist ebenso schuldlos wie sie, die nicht einmal ahnen kann, dass ich mich in ihre Liebe verliebt habe, es weiß ja nicht einmal er davon. »Hast du etwas, du siehst auf einmal so bleich aus, willst du den Brief nicht lesen?« höre ich sie wie aus der Ferne fragen. »Nein, nein, ich habe mich wahrscheinlich nur zu schnell gebückt«, höre ich mich antworten und beginne den Brief zu lesen:

Liebste,
ich bin schon weit fort und wieder in meinem gewohnten Leben als Ehemann und Vater eines kleinen Sohnes. Es wird alles anders sein als vor der Nacht, in der du mir die schönste aller Nächte geschenkt hast. Zur Erinnerung schicke ich Dir dieses Foto, damit Du sehen kannst, mich hat es wirklich gegeben in deinem Leben, wenn auch nur für eine Nacht. Vor meiner endgültigen Abreise habe ich wie getrieben deinem neuen Lebensort einen Kurzbesuch abgestattet, meine Zigarettenmarke gibt es da nicht zu kaufen, aber ich habe in fremde Augen gestarrt und habe deine gesehen. Möge dir die Philosophie, die

Du so liebst, die Einsicht schenken, dass der Preis für unsere Nacht nicht zu teuer gewesen ist. Vergiss mich ganz oder gar nicht,
Dein P.

Mir wird zum zweiten Mal zum Kotzen schlecht, während sie vom Liebesschmerz und ihrer panischen Angst erzählt, schwanger zu sein, sie habe noch nie verhütet, es war ja ihr erstes Mal. An alles habe sie gedacht, nur daran nicht, sie habe vor Aufregung sogar ihren Namen vergessen. Ich nehme sie in meine Arme, und es fällt mir nichts anderes ein als: »Es wird schon nichts passiert sein.« Und ich lasse mir jede Notlüge einfallen, ich tröste sie mit seiner übergroßen Liebe zu ihr, die ich über den Brief förmlich riechen könne, dass dies nicht das Ende, sondern der Beginn ihrer Liebe sei, alle großen Lieben hätten große Hindernisse zu überwinden, und zugleich denke ich mir, dass ich diesem egoistischen Narzissten am liebsten eine schallende Ohrfeige verabreichen würde. Sie, meine zweitliebste Freundin, hat sich in blinder Liebe ihm hingegeben, damit ich verschont bleibe. Ich werde alles tun, damit sie ihn so schnell wie möglich vergisst, er verdient weder meinen noch ihren Liebeskummer.

»Die Menschheit liegt mehr denn je im Argen«, sagt zur Begrüßung meine Tante, die ich unerwartet besuche, weil ich Trost und Hilfe brauche, niemand kann das wie sie. Meine verrückte Verliebtheit mit dieser Querverbindung gibt mir ein so unlösbares Rätsel auf, dass ich in der Zwischenzeit beschlossen habe, dieses ungewöhnliche Erlebnis nicht mit mir allein herumzutragen. So gut kenne ich meine Tante, dass sie immer, wenn ich unerwartet komme, zuerst berichten muss, was sie gerade beschäftigt, bevor es ihr möglich ist, mir zuzuhören. Ihre Erklärung dafür ist, sie könne sich auf Fremdenergie nicht sofort einstellen, und dieser Zwang habe nichts mit mir zu tun. Wie immer bereitet sie mir ein Glas Holundersaft und sagt, »wenn ich den Begriff Medien nur höre, dann verzweifle ich sowohl an der Sprache als auch an dieser erfundenen Realität. Ein und derselbe Begriff für hellsichtige Menschen wie auch für diesen Mist!« Sie hat den Fernseher abgemeldet, Alfred hat sowieso immer nur Radio gehört, seit über den Äther die letzte Menschenwürde von Kakerlaken aufgefressen werde, und die vom harten Fernsehleben schon schwer gezeichneten Exstars sich als Ausgleich zum Verlust ihrer Würde auf den Bekanntheitsgrad zuhause freuten, der im Dschungel eines fernen Kontinents hart erkämpft werde, als Helden der Überwindung legen sie sich zu Bett, genießen das schnell verdiente viele Geld und fühlen sich den acht Millionen Zusehern überlegen, die sich aber auch ihnen überlegen fühlen, weil sie keine Spinnen fressen müssen und daher in völliger Verblendung dem Irrtum verfielen, ihre Menschenwürde bliebe unangetastet. So melancholisch habe ich meine Tante lange nicht mehr erlebt, am schlimmsten für sie sei, sie fühle sich bedroht, wie die Menschen sich zurecht bedroht gefühlt hätten im vorigen Jahrhundert, damals wollten viele nicht wahrnehmen, heute wollen viele nicht wahrnehmen. Nie, nie hätte sie gedacht, dass die vielen Millionen von Toten, die uns warnen, nicht gehört werden. Und nicht nur sie würden nicht gehört, jede Warnung, die geschrieben wurde, die jetzt geschrieben oder gesprochen werde, bleibe ebenso ungelesen wie ungehört. »Beginnt die Angst vor dem Hunger, sucht das Individuum das Kollektiv, das sich seinen ihm entsprechenden Führer sucht, der vorgibt, so stark zu sein, dass er sie aus dem Hunger führen könne, mit jedem Mittel, das das Kollektiv erlaubt.« Das mache ihr Angst, die Masse allein erschaffe noch keine Demokratie, und wenn statt acht Millionen fünfunddreißig Millionen dem Kakerlakenfraß lustvoll ihre Zeit opfern würden, fragt sie mich, würde deswegen ihre Analyse weniger zutreffen? »Und wenn alle dem Zynismus der Quote anheimfallen, ich werde mich diesem Affentheater nicht beugen und Götzen zu Göttern erheben. Und was bedrückt dich so sehr, dass du mich brauchst?« Ich erzähle von meinem Götzen, in den ich bis vorgestern unsterblich verliebt war, von dieser mir unheimlichen Koinzidenz, und bitte sie, das Pendel wegen einer eventuellen Schwangerschaft meiner neugewonnenen Freundin zu befragen, es antwortet eindeutig nein.

Meine Freundin und ich freuen uns über die dritte Freundin, wie gerecht, jede von uns hat zwei Freundinnen. Wenn diese nicht zu sehr mit ihrem Liebeskummer beschäftigt ist – jeden Tag mit zitterndem Herzen auf die Post zu warten, und uns jeden Tag diese Enttäuschung des Nichtbriefes mit Begründungen zu erläutern, warum es für ihn nicht möglich gewesen sei zu schreiben, dass wir aus dem Staunen nicht mehr herauskommen –, dann beschenkt sie uns mit ihrem philosophischen Wissen, das ihr von ihrem einzigen Freund im Schweizer Internat beigebracht wurde. In den sechs Jahren, die sie dort gewesen ist, hat sie jedes Mittagessen, jedes Abendessen gemeinsam mit ihm verbracht und am Wochenende sind sie auf die Berge gegangen. Sein Vater ist ein nach Amerika ausgewanderter Inder, seine Mutter Amerikanerin, der Vater wurde in Amerika sehr reich, seine Mutter ist von Geburt an sehr reich. In diesem Internat war sie eindeutig die Ärmste, er hat sie sofort zu seiner Kameradin erwählt, denn er habe gesehen, sie sei anders als die anderen. Und wie anders sie gewesen ist! Während alle Mädchen von Kleidern und Männern träumten, hat ihre Aufgabe darin bestanden, ihm beim Errichten seiner Theoriegebäude zuzuhören, er ist ein Mathematikgenie. Heute noch bereut sie, dass sie nicht jeden Vortrag von ihm – einen Dialog gab es so gut wie nicht, sie konnte ja nicht mitreden – auf Tonband aufgezeichnet hat, für sie steht nämlich fest, dass er einmal den Nobelpreis für Physik oder für Mathematik bekommen wird, sie nennt ihn den Einstein oder den Gödel des dritten Jahrtausends. Verliebt war sie nie in ihn, auch nicht in den Bergen, sie sagt, bis heute sei sie nicht sicher, ob er jemals etwas anderes als ihre Ohren registriert habe, wie sie nichts anderes als sein Gehirn. Mädchen haben ihr gesagt, er wäre hübsch, sie habe aber über diesen Verstand das Gesicht nicht mehr wahrgenommen. Sie ist neugierig, ob auch wir ihn als Mann attraktiv finden werden, er wird sie in den Ferien besuchen kommen, er überlegt, ob er ein paar Semester in Wien studieren wird. Wieviele neue Impulse und schöne Aussichten in diese Provinz die neue Freundin bringt! Sie fragt, ob wir wissen, dass man in der Mengenlehre die Menge aller Mengen bilden kann, die sich selbst als Element enthält. Der eine von beiden, erzählt sie, die dieses Paradox entdeckt haben, heißt Russell, sie selbst habe vier Jahre gebraucht, bis sie es verstanden hat, sie wünscht sich, ihr Liebesproblem schneller zu begreifen. Sie beginnt abrupt zu weinen und sagt, »Wittgenstein behauptet, die Welt des Glücklichen ist eine andere als die Welt des Unglücklichen«, schluchzend spricht sie weiter, »alle Kreter lügen, sagt ein Kreter, wenn ich einmal nicht mehr bin, werde ich mich sehr vermissen, der Satz ›Ruth ist einsilbig‹ ist ein gutes Beispiel zur Unterscheidung zwischen Objekt und Metaebene in der Sprache, denn das Wort ›einsilbig‹ kann sich sowohl auf das Wort ›Ruth‹ wie auch auf die Person Ruth beziehen, nicht zu vergessen, dass ›alle Junggesellen sind unverheiratete Männer‹ kein logisch wahrer Satz in der prädikatenlogischen Auflösung ist, mein Freund hat mir erzählt, es gebe das Gerücht, dass Gödel von seiner Frau, einer ehemaligen Zirkusartistin, gehindert worden sei, Selbstmord zu begehen, weil er sich im Exil in Amerika aus einem Fenster gestürzt hat und sie ihn mit ihren starken Armen aufgefangen hat, als sie zufällig auf dieser Strasse ging, so hat ihre Liebe begonnen, und das alles soll mir nicht dabei zu Hilfe kommen, dass ich diese eine Nacht vergesse, denn vergesse ich sie nicht, zieht mich jeder Nerv, der in mir ist, zu ihm.« Ich mutmaße, das ist die Essenz des vielen Zuhörens, es bricht aus ihr heraus wie ein Vulkan, der sonst an seinem Feuer erstickt, und ich wünsche mir nichts mehr herbei als diesen Freund, der sie ablenken könnte, indem er sie mit neuem Stoff versorgt, nicht so wie ich, die zu nichts anderem imstande ist als ihr zuzuhören mit Liebe und auch mit Neid über diese Fülle von Themen, nicht wie bei mir, die sich nur in derselben Schleife windet, warum nur vergisst sie diese eine Nacht noch immer nicht. Angenommen, sie würde diesem Genie in der Schweiz von ihrer Liebesverschwendung erzählen, was würde er dann tun, um sie wieder in die Welt der

Glücklichen zu führen? Das müsste ihn doch kränken, dass sie nicht ihm verfallen ist, sondern einem Weiberhelden, dem es mit seinen Verführungskünsten ein Leichtes war, sie zu verführen, und nicht einmal eine Mathematikformel dafür gebraucht hat. Und mir ist es beinahe auch so ergangen, zwei schöne Augen, Ausstrahlung und schon bin ich dahingeschmachtet, ohne die geringste Forderung an seinen Charakter, geschweige an seine Geometrie, zu stellen. Und zur Geometrie möchte ich sagen, ich bin noch keinem Menschen begegnet, der sich in die nicht-euklidische Abstraktion hat einfühlen können. Vielleicht der Halbinder, er hat das binäre Denken schon genetisch hinter sich. Eingestiegen in das Geschehen bin ich erst wieder, als meine Freundin meiner Freundin das Make-up erneuert und diese sagt, »ich kann einfach nicht begreifen, was ›Gott der sich sich schuldet‹ bedeutet.«

Nie hat meine Mutter die Obsession ihrer Freundin, Kreuzworträtsel zu lösen, auch nur mit einem Wort erwähnt. Es kann sein, dass sie selbst von dieser Leidenschaft auch nichts gewusst hat, weil erst durch die Nähe an einem Menschen etwas sichtbar wird, das, wenn es sichtbar geworden ist, ihm zugehörig zu sein scheint. Das ist ähnlich wie bei meinem Vater, der bei Menschen, die jetzt nicht Auto fahren können, sich nicht vorstellen kann, dass sie es jemals können, und wenn sie es dann können, ist es für ihn selbstverständlich. Hätte ich raten müssen, was sie am liebsten tut, nie hätte ich diese Vorliebe erraten. Ich besuche meine Freundin, sie ist noch nicht da, und ihre Mutter sitzt versunken mit ihrem Denksport in der Küche. Das ist ihre Bezeichnung, mit der sie die leere Zeit – das ist für sie die Zeit, in der sie nichts Nützliches tut – voll bringt. »Beim Kreuzworträtsel geht es zu wie im Märchen, du musst den richtigen Namen finden, dann bist du erlöst. Ein Märchen ist nicht nur ein Märchen, es enthält immer eine verschlüsselte Botschaft, wie im Kreuzworträtsel, das ich als mein Medium betrachte, um mich zu orientieren. Wie ich das mache? Ich arbeite ganz ohne Lexikon, und die Auflösung anzurühren wäre für mich wie das Essen von Fleisch für einen Katholiken am Karfreitag. Meistens löse ich ein Schwedenrätsel, mittlerer Schwierigkeitsgrad, wie beim Kartenspielen, das mache ich auch gern, wenn ich nicht zuviel denken muss wie beim Bridge, aber auch nicht zuwenig wie beim Schwarzen Peter, zum Beispiel Schnapsen, da muss man nicht zuviel denken, trotzdem kann man auch mit guten Karten schlecht spielen. Jedes Kreuzworträtsel wie jeder Wurf ist verschieden, viele Fragen sind selbstverständlich, das geht mechanisch wie beim Stricken, zwei links, zwei rechts, aber angenommen, ich weiß den Sitz der germanischen Götter nicht, dann beginnt das Rätsel. Habe ich Glück, finde ich die Lösung über die Lösung der anderen Fragen. Finde ich aber die Lösung nicht, dann beginnt die Geduld. Ich suche solange, Rätsel um Rätsel, bis die Frage nach dem germanischen Göttersitz in einer anderen Kombination wieder auftaucht. ASGARD zu finden war beinahe so schwer wie das Auffinden des germanischen Sitzes der Götter selbst. Dabei hat mir der germanische Speer, aber nicht, wie man vermuten könnte, die germanischen Schriftzeichen geholfen. Hast du schon von dem Vier-Zahlen-Schwedenrätsel gehört? Meine Tochter hat deine Liebe zur Zahl schon erwähnt. Statt Fragen gibt es Zahlen, und beim Eintragen der Zahlen müssen sich die vorgegebenen Summen waagrecht und senkrecht ergeben. Du kannst unter drei Schwierigkeitsgraden wählen, alle Zahlen sind erlaubt, oder es dürfen nur Zahlen von eins bis neun verwendet werden, oder es dürfen nur Zahlen von eins bis neun in absteigender Folge verwendet werden und in jeder Aufgabenzeile darf sich keine Zahl wiederholen. Wie findest du das, wäre das nicht das Richtige für dich, statt dich zu langweilen, wenn du leere Zeit hast?« Welches Vorurteil hat mich in eine so falsche Spur geführt, dass ich nie wahrgenommen habe, wie eigen auch sie ist, jetzt wundert mich die Liebe ihrer Tochter zur Philosophie weit weniger, und dass sie die Freundin meiner Mutter ist. Diese falsche Fährte hat die Eifersucht bei meinem Vater gelegt, verständlich, wenn man bedenkt, dass die Männer aus ihrer Natur heraus, das kommt sicher vom vielen Jagen, nur ungern die Beute mit jemandem teilen, und sei es nur die Freundin. Diesen Instinkt hat mein Vater jetzt zugunsten eines anderen Instinkts aufgegeben: gemeinsam mit ihr und seiner Frau noch etwas aufzubauen, bevor es endgültig zu spät ist. Wenn sie für die gemeinsame Geschäftsidee nur halb so in Erregung gerät wie bei dieser Leidenschaft, dann mache ich mir keine Sorgen mehr für die Zukunft.

Ich genieße den Luxus, in diesem und keinem anderen Verband zu leben, auch wenn der Ort auf dem Mond liegt, so fremd sind mir die Menschen, bis auf meine nahe und ferne Familie, zu denen ich meine beiden Freundinnen und ihre Familien zähle. Ein Ungleichgewicht gibt es, wir wünschen uns für die Mutter der einen Freundin einen zu ihr passenden Gefährten, damit wir drei beruhigt fort gehen können, wenn es soweit ist. Sie war es gewohnt, dass ihre Tochter nicht bei ihr lebt, aber es kann dennoch möglich sein – weil sie das Versäumte nachholen möchte und ihre Anwesenheit umso mehr genießt –, dass sie ihre Tochter an sich binden möchte, ohne dass es ihre Absicht wäre. Das Alleinleben strebt so gut wie niemand an, jeder wünscht einen Nächsten um sich, und auch das treueste Tier hilft gerade so viel, dass man nicht völlig in sich hineinstürzt. Auch Einsiedler kehren irgendwann wieder in ihre Klöster zurück. Es gibt Menschen, die leben gern mit sich allein, sie können es sich leisten durch ihr Charisma. Sobald sie unter Menschen gehen, ist ihnen Liebe und Bewunderung gewiss, das ist keine Abhängigkeit mehr von einem Du, sondern von vielen. Es sind wenige, die diese Exklusivität von der Gesellschaft als Rolle zugewiesen bekommen, abhängig bleiben auch sie, wie autonom und souverän ihr Auftreten auch wirken mag. Es ist geradezu augenscheinlich, dass gerade sie von der Anerkennung noch abhängiger sind. Was gäbe es sonst für einen Grund, berühmt werden zu wollen, viel Geld und ein gutes Dasein lässt sich auch anonym organisieren. Berühmtheit und Macht: es wird behauptet, jeder, der nur die geringste Chance wittert, will diese Attribute auch haben; und damit wird unterstellt, dass der, der nicht kann, sich belügt, wenn er sagt, dass er nicht will. Wie raffiniert das System dieser Behauptung auch ist, niemand kann mich zwingen, dass ich mächtig und reich werden möchte. Die Mutter meiner Freundin muss keinen berühmten Gefährten finden, schlecht wäre es aber nicht, wenn er es wäre, zur Abwechslung und Unterhaltung beim Mittagessen am Sonntag. Dann, wenn wir in die Stadt ziehen werden, könnten wir beiläufig erzählen, privat ist er so natürlich geblieben, als wäre er nicht berühmt. Wie exaltiert er sich in der Öffentlichkeit auch gibt, so bescheiden und angenehm ist er privat. Und wie treu er der Freundin meiner Mutter ist. Affären, die gibt es bei ihm nicht, auch wenn viele Frauen ihn verführen möchten. Wie er glaubwürdig sagt: Dann käme er zu gar nichts mehr. Gerade weil er vielen neuen Menschen begegnen müsse, wisse er umso mehr sein Privatleben mit den Menschen, die er bedingungslos liebt, zu schätzen. Das wäre bestimmt kein schlechter Einstieg in die große Stadt, mit den Vorurteilen über die vom Land wäre es dann mit einem Schlag vorbei. Unmöglich ist es nicht, in meine Tante hat sich – ohne Berechnung, wie sie stets betont – ein Euromillionär verliebt. Vor diesem Coup hätte jeder hier im Ort seinen Grund und Boden verwettet, weil gerade ihr mit ihren verrückten Ideen es an weiblichen Fähigkeiten mangeln würde, sich einen Fisch von diesem Gewicht wie Adolf zu angeln. Ich werde ihnen raten, zur Eröffnung ihres Restaurants einen berühmten geschiedenen oder verwitweten Ehrengast einzuladen, da könnte sich ungezwungen die erste Annäherung anbahnen. Eine notwendige Bedingung ist das Berühmtsein aber nicht, das Hauptanliegen bleibt der Wunsch, auch sie möge einer Liebe begegnen.

»Ich bin nicht mein Gehirn, ich habe ein Gehirn«, sagt mein Vater, der mir zu bedenken gibt, dass ich von meinem Gehirn weiß, mein Gehirn aber nichts von mir. Wie sehr ich ihn liebe, und wie wenig ich mir vorstellen kann, so weit weg es mich von hier auch zieht, ihn nicht mehr um mich zu haben, mit seiner Klugheit und mit seinem Gefühl, nichts lieber als mein Vater zu sein. Wie selbstverständlich es immer gewesen ist, dass es ihn gibt, nie habe ich daran gedacht, wie wenig selbstverständlich es ist. Über die Gewohnheit gebe ich mich der Täuschung hin, dass es immer so sein wird, gerade so, als gäbe es keine Trennung, keinen Tod. Was macht eine Tochter, die ihren Vater, ihre Mutter verliert? Wie hat die Mutter meiner Freundin diese Katastrophe nur überleben können? Weil man nicht eingreifen kann, obwohl man aus dem Schmerz heraus seinem Organismus befiehlt aufzuhören zu leben, wie man andererseits auch nicht eingreifen kann, wenn der Tod jederzeit das Ende bestimmen kann. Ich habe meinem Organismus schon befohlen: ›Ich kann nicht mehr‹, und er hat es zu meinem Glück ignoriert. Was ist es, wenn ich sage, sie hat einen starken Lebenswillen, was ist es, wenn ich sage, sie ist aber willensschwach. Hat der Wille Einfluss auf meinen Organismus? Kann ich mir den Befehl geben, meinen Willen zu wollen? Nur dem ist zu helfen, dem geholfen werden will. Ja, ich will, dass mir geholfen wird, dass mein Vater nicht stirbt. Ja, ich will, dass ich keine Herzneurose habe und jahrelang nicht auf die Strasse gehe, so gern ich auf die Strasse gehen möchte. Ich will ergründen, woher diese Angst kommt, ihr einen Namen geben, dann will ich auf die Strasse gehen, ich will nicht, dass die Menschen mir Angst machen, ich muss mich natürlich ändern wollen, und ich habe mich geändert, weil ich es zugelassen habe, mich ändern zu wollen. Es ist natürlich, dass dem, der lieber in der Angst bleibt, der Wille fehlt, von dieser Angst loszulassen, er will lieber die Angst vor den Menschen als den Willen, die Menschen nicht zu fürchten. Jeder, der will, kann sich seinem Trauma stellen, natürlich muss er wollen, das hängt vom Willen des Einzelnen ab, gleiche Ursachen ergeben verschiedene Wirkungen, auch der Schwache muss sich bestimmten Gesetzen beugen wollen, die Abhärtung zur Stärke würde ihm bestimmt helfen. Wie heftig ich reagiere, ich weiß, ich habe ein Gehirn, dem ich den Befehl erteile, dass ich eine Schriftstellerin werden will, und um das erreichen zu können, werde ich mich ändern müssen.

Meine Mutter und meine Tante haben aufgehört mit dem Blättern in Zeitschriften um Liebe und Schönheit, wenn sie sich wöchentlich treffen. Für beide steht fest, sie haben Wichtigeres zu tun, als ihre Begegnung mit diesem Firlefanz zu belasten, ihnen beiden haben es nun die Raubritter, wie sie die Politiker nennen, angetan. »Hast du schon den Namen Stiglitz gehört?« fragt die eine Schwester die andere. »Er ist Nobelpreisträger für Ökonomie oder so ähnlich, das ist unwesentlich, jedenfalls ein Genie, der vertritt genau dasselbe wie ich intuitiv, alles, alles darf man in wirtschaftlich angeschlagenen Zeiten tun, nur nicht sparen. Und was macht unser Finanzminister? Ich will den Namen gar nicht aussprechen, sonst gerate ich noch in seine Aura, und dann pendle ich, als ob jeden Tag mindestens ein Tornado über unser Haus fegen würde, dieser Provinzbuchhalter will uns das Sparen beibringen, der soll zuerst einmal zwanzig Jahre lang die Akten vom Stiglitz tragen, bevor er sich anmaßt, zwischen Soll und Haben unterscheiden zu können. Es ist ein Skandal, wie gerade die Unbegabten ununterbrochen sich selbst darstellen, als wären sie begabt. Das sind Viren, die sich in die Programme der Begabten einschleichen, um die, die wirklich begabt sind, zu eliminieren, damit man ja nicht merken soll, welche Lemuren sie doch sind. Ein Milchgesicht, das doch tatsächlich von sich selbst über den Äther hin verbreitet ›ich bin der beste Finanzminister‹, und tatsächlich glaubt, wenn er es sich und anderen oft genug aufsagt, es dann wie im Wunderland auch zu sein. Ich wette, das übt dieses Greenhorn auch noch täglich vor seinem Spiegel. Wenn das so weitergeht, muss ich noch im Kalender nachschauen, um mich zu vergewissern, dass wir nicht mehr unter einem Kaiser mit seinem Hofstaat leben. Das kann kein Zufall sein, dass sie sich gerade jetzt wieder um die Rückgabe ihrer Schlösser bemühen.« Meine Mutter fragt ihre Schwester, ob sie sich nicht überlegen sollten, für die zerbombte Wohnung ihrer Eltern Regressforderung zu stellen, »wenn sie es können, warum nicht auch wir. Nicht dem Tüchtigen, dem Schweinehund gehört die Welt.

Und dabei müssen wir froh sein, dass wir das in einem Kaffeehaus noch aussprechen dürfen, ja, wir sind froh, dass wir in keiner Diktatur leben, nur vermute ich, diese Raubritter nicht, sie würden am liebsten uns auch das verbieten. Der strenge Erbauer dieser Politik, sogar Gott persönlich hat bei der gewonnenen Wahl mitgeholfen, will uns schon vorschreiben, wann der Begriff der autoritären Struktur verwendet werden darf, zu bedeuten hat das alles natürlich nichts. Liebe Schwester, merkst du nicht, wie gut wir es doch haben?«

Es ist soweit. In einem Monat soll das Restaurant eröffnet werden. Wie das finanziell so schnell möglich geworden ist, kann ich nicht sagen, ich weiß nur, dass Adolf monetär dazu beigetragen hat, um das Unmögliche möglich werden zu lassen. Wie mein Vater betont, legt Adolf seine Hand für ihn ins Feuer. Mit meinen Freundinnen habe ich beschlossen, dass wir sie alle vor der Eröffnung noch einmal verwöhnen möchten, indem wir die Rollen tauschen und sie unsere Gäste sein sollen. Die Idee dazu ist entstanden, als wir das Glück der Nichtschwangeren gefeiert haben, und wie das so ist, hatten wir im Café gleich das nächste Glück, nämlich einen interessanten Mann kennenzulernen – in kluger Vorausschau für die Mutter meiner Freundin. Er ist vor kurzer Zeit in ein Haus dreißig Kilometer entfernt von unserem Ort gezogen, ein waschechter Münchner, der beschlossen hat, in einer Gegend, die ihm gefällt und wo die Preise noch nicht wie in München sind, seine Erbschaft in ein Haus zu investieren, man wisse nie, wie unverschämt die Mieten noch steigen würden. Ich schätze ihn auf das Alter meines Vaters, das Gespräch hat sich zufällig ergeben. Das Erste, was sofort auffällt, ist seine dunkle Stimme. Er hat gepflegte Hände, schon etwas grau meliertes Haar, freundliche Augen und eine unaufdringliche Höflichkeit. Er erzählt, dass sein Sohn jetzt für ein Jahr in Amerika studiert. Neugierig frage ich ihn nach seiner Frau und seinem Beruf, er antwortet lachend mit der Gegenfrage, ob ich ein Lehrling in einem Heiratsinstitut wäre. Von Beruf ist er Astrologe, daher ortsunabhängig, weil er viele Beratungen schriftlich abwickelt, und derjenige, der eine persönliche Beratung vorzieht, komme auch dahin, wo er jetzt wohne. Ohne dass wir ihn bitten, sagt er uns dreien unser Sternzeichen und fragt, ob wir bis zur nächsten Begegnung intuitiv erraten könnten, welches von den vier Elementen, Wasser, Erde, Feuer, Luft, dem Zwilling, der Waage, dem Schützen zugeordnet werden. Nichts leichter als das, er wird noch ins Staunen kommen mit meiner Tante, und wir laden ihn zum Essen ein. »Für eine Einladung von so reizenden jungen Damen bin ich immer offen, ich sage gern zu, Essen im Allgemeinen wie im Besonderen ist eine große Leidenschaft von mir«, dann verabschiedet er sich und wie es sich für einen Gentleman gehört, bezahlt er unsere Getränke und geht. Wir sind gerade ins Thema Männer vertieft, als er unerwartet zurückkommt und um unser Geburtsdatum und unseren Geburtsort bittet, dann könne er als Gastgeschenk unser Horoskop erstellen, wenn uns das eine Freude bereiten würde. Und wie! Wer möchte nicht wissen, was in den Sternen geschrieben steht. Soviel habe ich bei meiner Tante beobachten können, alle sind gern in ihrer Gesellschaft, auch aus Eigeninteresse heraus, über ihr Pendel etwas über sich in Erfahrung zu bringen, und wenn man der größte Skeptiker wäre. Da wir keine geübten Köchinnen wie unsere Mütter sind, ist uns klar, dass wir ein todsicheres Menü planen müssen, keine Experimente wie Salzburger Nockerln, die zur süßen Eieromelette mutieren. Wir entschließen uns zu einer gebundenen Hühnersuppe mit Bröselknödel, ihr Geheimnis liegt in einem Schuss Weißwein, als Hauptgang Backhendl mit Erbsenreis und einem Apfelkompott, das passt gut zur Panier, es ist ein Essen mit Händen, wodurch sich die Konzentration nicht auf Messer und Gabel, sondern auf ein gutes Gespräch richtet, und Adolf darf ohne Nervosität seine chinesischen Stäbchen vergessen. Für den Appenzellerkäse und eine Engadiner Nusstorte wird das Mathematikgenie aus der Schweiz per Post zuständig sein, als Gegenkomposition zum allzu Einheimischen, sonst denkt sich der Astrologe noch, ›da bin ich aber in eine schöne Runde von Hinterwäldlern geraten, essen mit Händen!‹ Bei der Vorbereitung fühlen wir uns wie Firmengründer, alles muss geplant sein, gut, dass keine Behördengänge zur Anmeldung des Essens notwendig sind, abends pflege ich meine Hände mit Zitrone, das passt zum Hendl, wir besorgen in der Apotheke Mittel gegen Sodbrennen und diverse Magenleiden, man kann nie wissen, ob jeder Schweineschmalz verträgt, darauf kann keine Rücksicht genommen werden, sonst gelingt die Bräune nicht so, wie meine Mutter sagt, »die Panier muss sein wie die knusprige Bräune einer sonnendurchfluteten Schönheit am Meer«, aus Respekt vor dem Islam wird ein Huhn schmalzlos im Rohr gebraten, der Weißwein bekommt die Kühle, die ihm gebührt, der Rotwein die Wärme, die ihm zusteht, es gibt Weißbier für den Astrologen, damit er Kastaniengärten visioniert, und das Ganze wird wie beiläufig von türkischen Vor- und Nachspeisen umrahmt. Meine Eltern merken von den Vorbereitungen nichts, am Sonntag schicke ich sie mit einer Notlüge zu Adolf und meiner Tante, die ich angerufen habe, dass sie um Punkt zwei gemeinsam mit ihnen zu Hause bei uns sein sollen. Alles fügt sich, auch die Kobolde spielen mit, und pünktlich um zwei sind alle da, meine Eltern, meine Tante und Adolf, die Eltern meiner einen Freundin, die Mutter meiner anderen Freundin und der Astrologe. Er ist eine beinahe noch größere Überraschung als der gedeckte Tisch, und bevor sie sich vom Staunen erholen, zaubert er zur rechten Zeit das Sternzeichen von jedem hervor, und um diese Irritation richtig zu verdauen, trinken und essen sie, dass wir beinahe nicht mehr mit dem Service nachkommen. »Niemand hat Anrecht auf nichts«, sagt der Astrologe, »doch wenn die Liebe ruft, das Essen schmeckt, dann sage ich nicht nein, das wäre ja eine Beleidigung für meinen Jupitertransit.« Auch wenn für die Mutter meiner Freundin bisher nur Geschäfte und der germanische Götterhimmel im Kreuzworträtsel von Interesse gewesen sind, so wird sie bestimmt dieses Repertoire dank Amors Pfeil um Venus erweitern. Wie kann ich nur wünschen, dass aus ihnen ein Paar werden soll, obwohl ich ahne, dass kein Paar im Vakuum schwebt, sondern alle Widersprüche der Gesellschaft in sich trägt, es ist schon schwer genug, seine eigene Ambivalenz zu leben, »trotzdem«, sagt meine Tante, »bei meinem Wissen von der Unmöglichkeit des Paares weiß ich auch, dass die männliche Gottheit Shiva ohne die Vereinigung mit der weiblichen Gottheit Shakti eine Leiche ist.« Und bei jeder Diskussion mit meinem Vater über die Unmöglichkeit der

Liebe zitiert er den Satz eines Lyrikers, dessen Namen er vergessen hat: ›Anders lieben müssen wir als gestern und mit schärferem Verstand.‹ Der Astrologe sagt, echte Ehen seien unauflösbar, da benötige er keinen Papst zur Annullierung, er ist zweimal verheiratet gewesen, jetzt ist er wieder geschieden, ein jeder dürfe Fehler begehen, er habe seine Lektion über den Irrtum gelernt. Wir wollen von ihm erfahren, ob er nach dem Horoskop seine Liebe aussucht, und er sagt lachend nein, er lasse sein Schicksal von niemand anderem mehr leben, daher begegne ihm auch keine Falsche mehr. Adolf und der Vater meiner Freundin unterhalten sich lieber über die türkische Sprache und, wie könnte es anders sein, über Schmetterlinge in ihrer typisch türkischen Farbenpracht, nur zwischendurch gibt er zu verstehen, so türkisch sei er nicht, dass er seine Tochter gezwungen habe, nach seinen Gesetzen zu leben, wie wir sicher nach ihrer Liebesgeschichte mit dem Medizinstudenten wissen. »Das wäre ja noch schöner, deine Religion der Tochter einprügeln zu wollen«, sagt meine Tante, »dann würde ich sicher nicht mit dir an einem Tisch sitzen«, und meine Freundin sagt, dass sie zwar beide um ihre Religiosität beneide, in ihr selbst walle jedoch keine Gnade, sondern wildes Blut mit einem Freiheitsdrang, der von niemandem und nichts zu brechen wäre. Mein Vater erzählt von seinem fernen und unerreichbaren Bruder und sinniert, wo er sich jetzt wohl gerade befinde. Meine Tante fragt den Astrologen, ob er wie sie der Auffassung sei, dass es unwesentlich ist, ob man den Zeitinhalt über die Numerologie, über das Pendel oder über die Astrologie erfährt, sie hat von Meistern gehört, die kein Hilfsmittel mehr benötigen. »Ja, die gibt es sicher, haben sie schon von dem holländischen Astrologen gehört, der nur anhand des Horoskopes das Porträt des Horoskopträgers mit auffälliger Ähnlichkeit zu zeichnen imstande gewesen ist? Das ist schwer nachvollziehbar, ohne Hilfsmittel nicht vorstellbar, es beeindruckt mich aber nicht, ich brauche auch keinen schwebenden Yogi, überhaupt, die ganze sogenannte Esoterik ist mir ein

Gräuel, dieses Herumdemonstrieren, ich verstehe überhaupt nicht, wie man sich für so etwas hergeben kann. Das ist die reinste Verunglimpfung und der Ausverkauf von Wissen für die Menschheit, die es notwendiger denn je hat, wenn man sich die Menschen anschaut in ihrer allgegenwärtigen Verdrängung des Heiligen in ihrem armseligen Leben. Würden Sie sich jemals dafür hergeben, im Fernsehen aufzutreten, um mit einem Wissenschaftler zu streiten, der als Vertreter der sogenannten öffentlichen Ideologie jeden Schmarren von sich geben kann und mir dann wissenschaftlich belegt, dass das Pendel nicht wissenschaftlich ist? Die sollen alle einmal den Paul Feyerabend lesen! Und dann nennt ein Milchbub mit zwei Semestern Psychologie Sie oder mich einen Scharlatan. Fragt sich denn niemand, warum gerade Psychologie und nicht Astrologie an der Universität gelehrt wird? Damit Werbung und Gleichschaltung noch effizienter wirken. Die Wissenschaft vom Menschen, wenn ich das schon höre. Die Sexualität des Menschen! Vor lauter Aufklärung werden die nächsten Generationen vergessen haben, wie man das macht. Alle machen alles, und niemand spürt mehr Verantwortung für das, was er tut. Wie bestechend die Technik doch ist, immer funktioniert sie, wehe, wenn nicht. Experiment geglückt, Mutter mit fünfundsechzig Mutter, das Kind entwickelt sich normal, wird von Psychologen betreut. Für ein paar Frauen, denn alle Frauen haben ein Anrecht auf das Erlebnis der Mutterschaft, werden Sklavenmenschen für Herrenmenschen gezüchtet werden, aber Anrecht bleibt Anrecht, Forschung bleibt Forschung. Ich würde mich in Grund und Boden schämen, würde ich so schamlos, wie die Götter höchstpersönlich, in sämtliches Geschehen eingreifen, um dann wie ein Gott von der Masse bewundert zu werden, wenn das nicht Wahnsinn ist, was dann?«
Der Astrologe nimmt einen großen Schluck Weißbier, den hat er sich nach diesem Monolog redlich verdient, vorgetragen mit einer Heftigkeit, als ginge es um die Errettung von uns allen. Auch wir sind erregt und halten uns am Glas fest, meine Tante

sagt, »endlich ein Mann, der sich die Wahrheit auszusprechen traut«, Adolf nickt und spürt einen leisen Herzstich, der ihn nicht beunruhigt, er kennt nur zu gut seine Eifersucht, die kommt und geht, und die Augen der Freundin meiner Mutter strahlen, als hätte ihr Idol Elvis Presley für sie gerade ihr Lieblingslied ›One night with you‹ gesungen, mir scheint, es hat sie ordentlich erwischt, wie wird das mit dem Restaurant noch werden, wenn sie ein Gänseblümchen nach dem anderen hinter der Theke rupfend in sich hineinmurmelt »er liebt mich, er liebt mich nicht«. Der Astrologe sieht auf die Uhr und sagt, das wäre seit zwanzig Minuten eine Uranusstunde, die ändert unerwartet und blitzschnell eine Situation, nicht umsonst nennt man Uranus den verrückten Planeten, und fragt, ob wir drei bereit für sein Gastgeschenk wären, wenn es nicht zu unhöflich erscheint, dass er sich zum Besprechen der Horoskope in einen anderen Raum zurückziehen möchte. Er hat sein Versprechen doch nicht vergessen. Er sagt, ihm geht es darum, die jeweils dominanten Anlagen zu besprechen, und diese Anlagen haben ihre bestimmte Zeit, in der sie manifestiert werden wollen, das heißt, sie zwingen den Menschen in die entsprechende Problemstellung, um sich zu realisieren. »Dafür gibt es zwei Prinzipien, nämlich das Tierkreiszeichen, der Herkunftsort der Anlage, und der dem Tierkreiszeichen zugeordnete Planet als Bewegungsprinzip, wo die Anlage hinzielt. Für mich ist es eines der schwierigsten und raffiniertesten Systeme, die der Mensch sich durch Erfahrung und Beobachtung angeeignet hat. Ausgangspunkt war die Auffassung der Babylonier und später der Griechen, dass die Erde ihr Abbild im Himmel hat. Die Abstraktion geschieht in einer geozentrischen Arbeitsweise, indem aus der Bahn der Erde um die Sonne ein Zeitpunkt herausgegriffen und der augenblickliche Stand von Planeten im Verhältnis zur Erde fixiert und aufgezeichnet werden; reiht man mehrere fixierte Zeitpunkte aneinander, dann ergibt sich vom ruhenden Betrachtungspunkt Erde aus eine scheinbare Bewegung der Sonne; diese Bewegung wird Ekliptik genannt und in zwölf Tierkreiszeichen eingeteilt. Jeder Mensch ist in dieser Abstraktion individuell abgebildet, wie ein genetischer Code für das Schicksal, das keinem anderen gleicht. Nicht die Astrologie als System ist falsch, viele Astrologen sind es, die sie vereinnahmen und nichts davon begreifen.« Er sagt, »ich würde jede Populärastrologie radikal verbieten und alle, die wie wild mit den Häusern, Planeten, Transiten und Oppositionen um sich werfen und trotzdem kein Horoskop im Gesamtbild verstehen. ›Ich habe die Venus im fünften Haus‹, da lobe ich mir dann als Antwort, ›und ich habe die Venus im sechsten Stock‹. ›Du bist Widder, das merkt man aber nicht‹, wie soll man auch, wenn diese Widdersonne sich im zwölften Haus befindet. Merken Sie, ich bin der beste Beweis für die Aussage über Anlagen, die sich jetzt gegenüber anderen Anlagen durchsetzen. Ich lege ein Balzverhalten an den Tag, das mir selbst unheimlich ist, der maßlose Jupiter, der sich gern in geistige Höhenflüge begibt, und wenn dann noch eine Venus dazukommt, das ergibt genau meinen zweiten Anfall für die Eroberung meiner Herzensdame.« Er zieht sich zuerst mit der Tochter seiner Flamme zurück, um ihr Horoskop zu besprechen, dann bedankt er sich bei meiner freiheitsliebenden Freundin für die köstlichen türkischen Speisen und zuletzt bei mir, der er über seine bildhafte Gedanken- wie Sprachwelt eine Klarheit in meiner Zerrissenheit, in dem, was mir begegnet und worauf ich zu verzichten habe, geschenkt hat, die nicht mit tausend Hendlhaxen inklusive Weißbier aufzuwiegen ist.

Weder die eine noch die andere Freundin noch ich erzählen ein Wort von dem, was der Astrologe über unser Horoskop vor einer Woche gesagt hat, wir wollen es nicht, jede ist mit sich beschäftigt. Mein Grundproblem bleibt nach wie vor, wenn es keinen Zufall gibt, wie kann es dann ein Gesetz geben? Alles ist polar, Tag, Nacht, Leben, Tod, was ist aber der Gegenpol zum Gesetz, wenn es keinen Zufall gibt? Auch mir ist klar, dass die Menschen sehr verschieden sind, dass jede Anlage die dafür notwendige Begabung zur Manifestation mitgeliefert bekommt, wie ich auch einsehe, dass es eine Erleichterung ist, nicht alles werden zu müssen, und eine Hilfe, wenn ich über ein System, in dem der Mensch sich nicht selbst erklärt, gesagt bekomme, »da hast du nichts verloren, dafür bist du nicht geeignet, geh deinen Weg, der ist ein anderer als der der Gesellschaft.« Nach seiner Auffassung gibt die Astrologie nie darüber Auskunft, warum jemand dieses und kein anderes Horoskop zu leben hat, es gibt keine Hierarchie von besserem oder schlechterem Horoskop, kein König hat mehr Bedeutung als der Bettler, es gibt nur die Unterscheidung von Annahme und Nichtannahme, das ist die Entscheidungsfreiheit, die jeder hat. Nach dem Sinn seines Lebens zu fragen sei Hybris, das sei Größenwahn, das Erwirkte könne man nicht bestimmen. Die Begabung entsteht aus dem Risiko, das man bereit ist einzugehen. Das alles ist mir nachvollziehbar, und doch, ich wehre mich mit Händen und Füßen. Wohin mit meinem Ehrgeiz, wenn ich geschehen und gewähren lassen soll, es ist, wie in anderen Systemen auch, was ist, dagegen soll man sich nicht wehren. Gegen das Ist ist nicht anzukommen, im Gegenteil, je mehr man sich gegen das, was ist, wehrt, desto mehr vergeudet man die eigene Energie und der Schmerz wird umso größer, das Ist ist unbestechlich, das Ist ist anzunehmen oder man muss handeln, indem man dieses Ist tauscht mit einem anderen Ist, das aber auch anzunehmen ist, Widerstand ist zwecklos, vielleicht gerät man in ein Ist, das anzunehmen noch schwerer fällt, dann kommt die Sackgasse der falschen

Entscheidung hinzu, wie eine Maschine, ein perpetuum mobile der Selbstverzweiflung. Was aber heißt annehmen, hinnehmen, wenn ich diese Begriffe nur höre – und ich habe sie oft genug gehört, auch ohne Astrologie –, stellen sich mir die Haare aus Wut senkrecht in die Höhe, und ich stampfe auf den Boden. Wenn jeder alles an- und hinnehmen könnte, wäre die Welt dann eine andere? Gibt es überhaupt so etwas wie eine bessere Welt? Ich will nicht glauben, dass wir in der besten aller möglichen Welten leben, auch wenn das ein Philosoph und Mathematiker, gescheit wird er gewesen sein, behauptet hat. Wieviele gescheite Männer überhaupt immer sehr viel behauptet haben, warum immer Männer, ein paar Heilige, wenige Analytikerinnen, sicher deswegen, weil sie jahrhundertelang im Anhören von Männern geübt waren, eine Philosophin, sie hat die gewagte These aufgestellt, die Frauen sind auf der Welt für das Priestertum, sie meint sicher den Geist, die Männer sind auf der Welt für die Arbeit, sie meint sicher die Materie der stärkeren Muskelkraft, und wenige Künstlerinnen, die eigene Thesen gewagt haben. Und wenn ich nicht annehmen und hinnehmen und loslassen noch weniger kann, ›nimm dich nicht so wichtig, auch du wirst, je älter du wirst, lernen, zufrieden mit dem zu sein, was du hast und was du bist‹, mein Motor bleibt die Unzufriedenheit mit allem und mit mir, wo käme ich hin, wenn ich nie mehr mein eigener Feind wäre. Wenn ich mir überlege, das kommt mir sehr ähnlich vor: annehmen und loslassen. Der Astrologe schimpft noch mehr als meine Tante und mein Vater zusammen, warum nimmt er die Welt, der er begegnet, nicht einfach an, es gibt ja keinen Zufall, warum ist er in diese Zeit hineingeboren worden, Adolf und meine Mutter brauchen selbst nicht mehr zu schimpfen, sie lassen schimpfen, ähnlich sind sie aber auch, gleiches zu gleichem gesellt sich gern, so gegensätzlich sind sie nämlich nicht, dass sie sich anziehen würden. Warum sollte Adolf sonst auf den Astrologen eifersüchtig sein, ich habe das genau beobachtet, er hätte doch sehen müssen, dass der Astrologe es nicht auf seine Liebe, sondern auf die Mutter meiner Freundin abgesehen hat. Das soll alles nichts als Leerlauf sein, wenn ich mich tagelang über Ungerechtigkeiten aufrege und nicht einmal einschlafen kann. Diese Schule und was ich mir da an Wissen aneignen muss, das mich nichts angeht, und wie geradezu bösartig die Lehrer sind, die so lieb daherkommen, alles muss man mitmachen, nur weil es so befohlen wird. Es stimmt eindeutig, zur Begabung kommt man über das Risiko, ob ich die Schule doch abbrechen soll?

Es ist merkwürdig: die Mütter sind erotisch versorgt, eine ist so frisch verliebt, dass sie sich aufführt wie ihre Tochter beim ersten Mal. Sie wäre mit hervorragenden Tipps von meiner Mutter und deren Schwester bestens versorgt worden, damals, als sie im Kaffeehaus noch über Liebe und Schönheit diskutiert haben und nicht über Raubritter. So holt sie das bei der nächsten Generation nach, was sie in der vorigen wegen Abwesenheit versäumt hat. Wir haben sie umgepolt von der Lady im Anzug zur etwas älteren Schwester ihrer Tochter, unabhängig davon, welche Wirkung sie beim Astrologen damit erzielt. Wir haben andere Sorgen, wir wissen nicht einmal, an wen wir unsere Triebe verschwenden wollen, auch unsere Freundin nicht, sie hat sich im Moment ihrer Blutung von dieser einen Nacht verabschiedet, was soll sie mit einem Mann, der nicht einmal greifbar ist, dafür aber verheiratet, sagt sie, und seinen degoutanten Brief hat sie mit Foto verbrannt, damit sie nicht einmal mehr die Möglichkeit hat, in einsamen Stunden doch wieder ins Schwärmen zu geraten. Das nenne ich loslassen können, dermaßen souverän in so jungen Jahren mit einer so bitteren Enttäuschung umzugehen, das kann nichts anderes bewirken, als dass schon ein Besserer um die Ecke auf sie wartet, es fehlt nur noch der richtige Moment. Zu diesem hat ein Inserat in der Zeitung beigetragen, das ihr gefallen hat, sie wollte schon immer Geige lernen. Sie beneidet jeden Musiker um sein Instrument, am meisten hat es ihr aber die Geige angetan. Nie kann ein Mensch mit einem Instrument so unglücklich sein wie der, der nicht musizieren kann. Sie ist ganz anders als meine Freundin und ich, wir beide sind viel träger, uns macht es schon Mühe, einmal wöchentlich aufgrund ihrer Initiative gemeinsam in das Hallenbad schwimmen zu gehen, sie sagt jedesmal, tut das gut, wir beide sagen jedesmal, das ist Schwerarbeit, vor allem wieder das Anziehen der Kleidung in der feuchten Luft. Und jetzt will sie auch noch Geige lernen, und den Geigenunterricht will sie sich selbst verdienen, indem sie Französischunterricht für untere Klassen geben will. Doch damit nicht genug: bereits in der ersten Geigenstunde hat sie sich in ihren Geigenlehrer verliebt! Wir wissen beide nicht mehr, ob sie mehr von seinem Unterricht oder von ihm selbst schwärmt, die Geige und der Lehrer sind eine Verschmelzung von Noten und Haut. Wie klug sie dieses Mal gewählt hat. Auch wenn es mit der Liebe nichts werden sollte, so wird sie dieses Liebespech mit der Geige zu vertreiben imstande sein. Die Liebe vergeht, der Diamant bleibt, ob ich mich nicht in einen Pianisten verlieben soll, und das Klavier verdiene ich mir durch das Investieren meines Taschengelds in Hedge Fonds?

Wenn ich nicht wüsste, es ist der Geigenlehrer, so könnte ich genau so gut annehmen, das ist noch derselbe, bei dem auch ich blind gewesen bin; sie schwärmt wie beim Ersten, er ist einmalig wie der Erste, niemals noch hat sie so gefühlt wie jetzt, genau wie beim Ersten, merkwürdig, die Verliebtheit macht jede gleich blind, und die zweite Verliebtheit ist einmalig wie die erste Verliebtheit, dasselbe Pochen, dasselbe Verzehren. Undenkbar, dass sie nicht regelmäßig auf der Geige übt, es käme ihr vor, als wenn sie ungeschminkt und unvorteilhaft gekleidet zur geliebten Stunde erscheinen würde. Wie verklärt sie über ihr jämmerliches Gekrächze auf der Geige spricht, ihr sei nämlich vollkommen klar, sein Herz sei nur über den Bogen zu erobern, ihr Minirock sei höchstens eine hübsche Begleiterscheinung, nicht alle Männer jagen nach Busen und Beinen, deswegen habe sie ja gerade ihn gewählt, schon bei der ersten Begegnung hat sie – wie immer – gespürt, er ist anders als alle anderen, für das Oberflächliche ist er nicht zu haben, er geht in die Tiefe der Töne. Ein jedes Wenn und Aber wäre zwecklos, das Einzige, was ich als Freundin zu tun habe, ist mitzuschwärmen, wobei es völlig unwichtig ist, dass ich ihn nicht kenne. Ob sich eine Freundin frisch verliebt, oder wenn es wieder aus ist, die Aufgabe ihrer Freundinnen bleibt dieselbe: dazusein und nichts zu fordern, geradeso als würde sie von einem Virus heimgesucht. Meine Freundin und ich beneiden unsere Freundin irgendwie um ihre Verliebtheit, dann verfluchen wir sie und ihre Obsession aber auch, weil es nichts mehr gibt als ihn, und sie übt und übt, und wenn sie nicht übt, dann hat sie, schlank wie sie ist, auch noch Gewichtsprobleme, weil er bestimmt elfenhafte Wesen bevorzugt, die nicht gierig nach Torten greifen, sondern von den Sphären der Musik so durchdrungen sind, dass sie zu essen vergessen. Solange sie sich auf dieser Eroberungstortur befindet, wäre es für sie vielleicht hilfreicher, wenn sie sich mit meiner Mutter trifft, die kann ihr mehr über Diäten erzählen als ich; am besten, sie würde die Drei-Tage-Bier-Diät meiner Mutter zur Wochendiät verlängern, um zur nächsten Geigenstunde ätherisch halbiert zu erscheinen, damit sie aus Schwäche in seinen Armen endlich ohnmächtig werden kann. Warum bin ich nur so bösartig? Vielleicht, weil ich mir Sorgen um sie mache, ihr so heftiges Reagieren auf diesen Geigenlehrer erinnert mich an mich, diese Fixierung, diese Abhängigkeit und Verzweiflung vom anderen, eine Geste von ihm und sie ist glücklich, eine Geste von ihm und sie ist unglücklich. Was ist eigentlich mit ihrem Vater, der von allen verschwiegen wird, so als gäbe es ihn nicht? Sie ist in einem Erregungszustand, der noch andere Hintergründe hat als ihre Verliebtheit. Wie kommt es, dass weder ihre Mutter noch sie jemals über den Vater gesprochen haben, und auch meine Eltern noch sonst jemand haben ihn auch nur einmal erwähnt. Mir ist dieses Verschweigen so selbstverständlich, dass ich dieses Tabu auch immer eingehalten habe, ohne zu wissen, warum. Ich lebe mit meinem Vater und bin dennoch in dieser Selbstaufgabe, wenn ich begehre. Dieses Verlangen nach dem Verliebtsein und im Verliebtsein schenkt vielleicht die Illusion, dass über den anderen die eigene existentielle Getrenntheit aufgehoben werden könnte, und zwar für immer. Will jeder möglicherweise über den anderen zurück in sein Ungeborensein? Was, wenn dieses Verlangen ein Ausdruck des Todeswunsches wäre, gepaart mit der Lust, die Geburt zu rächen? Zerbomben, zersägen, zerstückeln, vergasen, die Gewalt einer Geburt rächt sich zyklisch an vielen Geburten. Wie verfalle ich nur in solche Düsterkeit, dass mich ein Grauen packt vor dem Lebens- wie vor dem Todestrieb, dem Sadismus wie dem Masochismus, vor der Wiederholungskette der Geschichte, vor der Blindheit und der Illusion der Romantik der Verliebtheit. Ohne diese Illusion der Verzauberung aber fällt meine Melancholie ins Bodenlose. Schön, dass meine Freundin mit dieser Hingabe auf ihrer Geige krächzt.

Im Scheitern wohnen Adler, die auf das Aas warten; und die Selbsttötung ist das endgültige Annehmen des Scheiterns am Leben, ein unlösbares Paradox. Für den Selbsttöter ist sie die endgültige Befreiung vom Paradoxen, eine Eindeutigkeit, die dem Leben nach ihm den Atem nimmt. Der Selbsttöter verliert sich dermaßen im gleichzeitig Gegensätzlichen, in diesem ungreifbaren Raum, immer wieder, wie sehr er sich auch dagegen stemmt, dass er freiwillig ein Ende dieser Hölle setzen muss. Dazu bedarf es der Überwindung seiner Überlebenstriebe, die ich nicht habe, wie wohl auch ich mich gegen das Unfassbare der Möglichkeit stemme, über den Tag verteilt zu foltern zu quälen zu morden und abends dann das inbrünstige Gebet oder die Sinfonie und das Gedicht, tagsüber Arbeiter aus Fabriken entlassen, aus kühlem Kalkül der Gewinnoptimierung, und abends dann Sex im monumentalen Heim, wenn die süßen Kinder schlafen. So wie für mich im äußersten Punkt unbegreifbar bleibt, wie ein allmächtiger und allgütiger Gott diese Grausamkeiten der Menschen überhaupt geschehen lassen kann, so kann ich mich nicht begreifen in meiner Forderung an mich, die eine andere ist als die, die ich wirklich lebe. Wozu habe ich überhaupt negative Gefühle, die ich nicht haben will? Wie oft habe ich zum Beispiel eine Wut und bin erbost über diejenigen, die sich solidarisch gerieren und umso größere Nattern sind, wenn es um ihren Vorteil geht. Ärgert es mich nur deshalb, weil ich streng bin und mir dasselbe nicht gestatte, ist gerade dann mein Neid gemischt mit schlimmer Wut am größten? Ich weiß, ich bin gespalten, ich weiß, ich bin handlungsgelähmt, ich weiß aber auch, dass ich nicht einerseits Solidarität verbal vertrete, ohne solidarisch zu handeln. Die Übereinstimmung zwischen Sagen und Tun wird gepredigt, der Widerspruch zwischen Sagen und Tun wird oft gelebt und doch geleugnet. Da habe ich noch lieber den Widerspruch in mir. Wenn ich nur an die Jungfrau Maria denke! Wer weiß, vielleicht hat es schon damals das Geheimnis der künstlichen Befruchtung gegeben, viele haben sich umsonst mit diesem

Widerspruch herumgequält, und diejenigen, die ehrfürchtig zur Jungfrau Maria gebetet haben, haben diese künstliche Befruchtung bereits visionär geahnt. Vielleicht kann auch ich dem Irrgarten der Ambivalenz eines Tages entkommen, über regellose Geschehen, durch die ich gezwungen werde, aufzubrechen zu neuen Schaltstellen in meinem Gehirn. Die Verrücktheit in mir habe ich bestimmt meiner Jugend zu verdanken, es wäre auch zu verrückt, wenn ich jetzt schon mit der Welt zurechtkäme, ohne Revolte, ohne Widerstand, ohne Scheitern, da könnte ich ja genauso gut wie eine Achtzigjährige auf der Parkbank sitzen und leise vor mich hinmurren, »zu meiner Zeit hätte man sich solche Verrücktheiten nicht denken dürfen, die haben ja nicht einmal mehr einen Gott, vor dem sie sich fürchten, die werden schon auch noch für jedes und alles büßen, dann, wenn es ans Sterben geht.« Wie froh bin ich, nicht wie die Alte auf der Parkbank zu sitzen, meine Ängste, alle Zweifel der Welt, jede Niederlage, alles nehme ich gerne auf mich, wenn ich noch lange jung bleiben kann wie ich bin. Und wie froh bin ich erst, dass ich normal verrückt bin und nicht unter Somnambulismus leide! Wie entsetzlich, wenn ich dann womöglich in finsteren Kellern oder halsbrecherisch auf Dachfirsten erwachen würde, ohne Bewusstsein davon, wie ich dahin gekommen wäre, und dann meine Eltern bitten müsste, mich einzusperren, damit diese gefährlichen Spaziergänge ein Ende hätten. Dann bekäme ich erst recht Beklemmung beim Aufwachen in diesem eingesperrten Zustand.

»Wie gut, dass es Krisen gibt«, sagt die Freundin meiner Mutter, »sonst hätte ich meine Tochter immer nur als Ferienkind erlebt.« Sie, die nur von ihrer Karriere und dem Postulat ›Jeder will immer mehr, der Machttrieb ist noch ausgeprägter als der Fortpflanzungstrieb‹ besessen war, ist nach ihrem Abstieg in die Arbeitslosigkeit, den sie heute als ihren Aufstieg bezeichnet, nicht mehr wiederzuerkennen. Die heftigen Streitthemen zwischen meinem Vater und ihr sind vergessen. So recht glauben kann er diese auffällige Veränderung ihres Wesens nicht und dann wieder schon, je nachdem, wie ihm selbst gerade zumute ist. Einerseits ist gerade er ein Vertreter der Sorte von Männern, die dem Mann, wenn er ein richtiger Mann ist, die Macht zuschreibt, durch seine Liebe aus einer Xanthippe einen gefügigen Engel zu machen, andererseits hat sogar er bemerkt, dass diese ominöse Macht des Mannes immer seltener sichtbar wird. Vor allem bei diesem ehemaligen Mannweib, wie er sie früher bezeichnet hat, kommen ihm Zweifel, ob er dieser Sanftmut auf Dauer vertrauen kann. Sein Respekt gegenüber dem Astrologen, dem dieses Wunder gelungen zu sein scheint, ist dementsprechend groß und führt dazu, dass ich ihn schon in die Ephemeriden vertieft gesehen habe, kurz nachdem sich meine Eltern gerade ihretwegen in die Haare geraten sind. Meine Mutter fühlt sich nämlich von dieser eklatanten Änderung ihrer Freundin geradezu bedroht, sie, die immer ihr heimliches Vorbild gewesen ist, wenn es darum ging, es den Männern heimzuzahlen, was auch immer, und die jetzt wegen eines Astrologen ihr ganzes Weltbild über den Haufen wirft. Sie sagt, da lobe sie ihre Schwester, die hat niemals auch nur einen Millimeter ihrer Ansichten für einen Mann aufgegeben, wenigstens auf sie kann sie sich verlassen. Noch dazu ist Adolf schließlich ein Millionär und nicht so ein Windhund wie dieser Astrologe mit seinen gleich zwei gescheiterten Ehen. »Ihr Frauen seid doch alle gleich, dann hättest du dir eben auch einen Millionär gesucht, deine Vorwürfe und Sticheleien vergällen mir die beste Laune, merkst du nicht, du hast ja ärgere

Ansichten als deine Mutter, na und, was soll das, ist er zweimal verheiratet gewesen, ihr wollt doch alle aus jedem Mann einen dressierten Affen machen!« Das wieder beleidigt meine Mutter, wie ihr eigener Mann so etwas über sie überhaupt denken und ihr zugegeben dummes Gerede nicht als ihre berechtigte Sorge um ihre Freundin erkennen kann; schließlich könne er schlecht wissen, ob der Astrologe nicht schon morgen wieder über alle Berge sei, wie er auch schlecht wissen könne, was nur sie über ihre Freundin und deren Ängste in Bezug auf Männer wisse. Darin muss das Geheimnis ihrer so offensichtlichen Veränderung begraben liegen. Vielleicht ist der Vater meiner Freundin der Schlüssel, niemand weiß – außer wahrscheinlich meiner Mutter als ihrer besten Freundin –, wie und von wem sie schwanger geworden ist. Vielleicht bei einer Vergewaltigung, vielleicht von einem Priester, vielleicht aber auch von einer einzigen heftigen anonymen Begegnung mit einem Astrologen?

Nach dem Winter überfällt pünktlich zu Frühlingsbeginn der Kaufrausch meine weibliche Verwandtschaft und mich mit einer Heftigkeit, die uns einen Nachmittag zu hungrigen Wölfen macht. Als ginge es um die Wichtigkeit von Wasser nach einer Dürreperiode. Wie jedesmal möchte ich meiner Gier nach neuem Stoff endlich einmal Herr werden, indem ich nichts, aber schon gar nichts kaufen werde. Sogar dem Modeschmuck werde ich widerstehen, um mir zu beweisen, dass ich nicht halb so abhängig von solchen Oberflächlichkeiten bin wie meine Mutter und meine Tante. Welche Verrenkungen die beiden um ihr Aussehen aufführen, das ist ein Tanz um das goldene Kalb und geht auf keine Kuhhaut mehr. Heuer gibt es noch eine Dritte im Bunde, die hat überhaupt ihre zweite oder dritte Jugend wiederentdeckt. Meine türkische Freundin kommt auch mit auf die Fetzenjagd, die zweite übt wie üblich, sie hat den Geigenlehrer noch nicht erobert, ich würde ihr Schlagzeug empfehlen, da könnte sie sein von ihrem Gekratze verhärtetes Herz wieder weichklopfen. Bei einem Glas Sekt wird der Schlachtplan skizziert, welche Kaufhäuser von ihnen überfallen, welche Etagen zuerst geplündert werden, wo der Garderobespiegel am vorteilhaftesten die Anprobe zur Geltung bringen wird, einig sind sie sich: begonnen wird bei der Unterwäsche, dann arbeiten sie sich stockweise vor bis zu den Ohrringen. Jede notiert die Farben, die zur schon vorhandenen Garderobe kombinierbar sind, ein kurzer, aber heftiger Diskurs beginnt bei der Kombinierbarkeit von Rot mit Rosa, zur Versöhnung finden sie, weniger ist oft mehr, aber nicht immer, die Kurven kommen zum Beispiel mit etwas durchschimmerndem Stoff besser zur Geltung als eine beinahe nackte Brust, die könne leicht ins Ordinäre kippen. Jede wünscht jeder viel Glück und Spürsinn für ihren Teint, gekauft wird aus logistischen Gründen einzeln, sonst könnten sich zwei um ein reduziertes Einzelstück in die Haare kriegen. Damit niemandem ein gutes Stück entgeht, werden die einzelnen Augenpaare zu Sehschlitzen, jede wittert auf ihre Weise, ein Urtrieb, der über Kleiderständer hinwegfegt, es gibt keinen Halt mehr, jede Ware wirbt hypnotisch ›Kauf mich!‹, und auch ich ergebe mich dem Rausch. Warum eigentlich sollte ich weniger eitel als meine Mutter sein? Das wäre direkt verkehrt, sich so gehen zu lassen, vielleicht habe ich mich vor dieser Schwerarbeit drücken wollen, Auswählen, Anprobieren, keine Fehlkäufe aus Ungeduld; mit viel Geld in der Tasche ist es leicht, chic zu sein, ich aber muss rechnen wie in der Mathematikstunde und trotzdem darf man es nicht merken, denn Kleider machen Leute. Und schließlich sagt meine kluge Tante nicht umsonst, Geld muss sich bewegen und darf nicht ruhen.

Der Astrologe ist nicht der Vater meiner Freundin, wie sehr ich es mir auch gewünscht habe. Möglich hätte es doch sein können. Was dem Dreigroschenroman gelingt, warum sollte das dem Leben nicht gelingen? Wie es den Pechvogel neben dem Lottoeuromillionär Adolf gibt, so hätte es genauso gut geben können, dass meine Freundin ihren Vater gerade über diese Umstände erst kennenlernt, ein Samen auf odysseeischer Irrfahrt, der nicht einmal weiß, dass es ihm gelungen ist, sich mit einer Eizelle zu vereinen. Die beiden waren sich für eine Nacht näher gekommen, er gerade nach einem Vortrag mit ärgerlichen Fragen aus dem Publikum zur Entspannung noch auf einen Drink an der Bar des Grand Hotels, in dem er übernachtete, sie gerade nach einer Konferenz zur Entspannung noch auf einen Drink an dieser Bar, die beiden haben Gefallen aneinander gefunden, es gibt Begegnungen ohne viel Worte. Sie wurde schwanger, konnte ihn davon nicht in Kenntnis setzen, sie wusste weder Name noch Adresse. Vielleicht hat sie das ihrer Tochter sogar erzählt, dass sie nicht einmal den Namen des Erzeugers kennt, es ist aber genauso gut möglich, dass sie keine Ahnung hat, wer überhaupt der Vater ihrer Tochter ist, aus dem einfachen Grund, dass sie mehrere Erlebnisse dieser Art in zeitlich kurzen Abständen hatte. Wenn dem so wäre, ich wette, hat sie das ihrer Tochter verschwiegen, ich jedenfalls würde schweigen, wenn ich in eine ähnliche Lage käme, wobei ich mir fest vornehme, das zu verhindern, aber was bedeutet das schon, fest vorgenommen hat sich die Mutter meiner Freundin das bestimmt auch, aber es gibt mehr als den Wunsch und die Planung und den Verstand. Angenommen, die Mutter weiß es ganz genau, es war der Astrologe in dieser einen Nacht, doch bei ihrer Wiederbegegnung nach so langer Zeit erkennen sich die beiden nicht sofort wieder, obwohl dieselbe Anziehung besteht wie beim ersten Mal. In ihrer zweiten gemeinsam verbrachten Nacht erkennt sie ihn über die Berührung und den Geruch seiner Haut wieder, dem Glück steht nichts mehr im Wege. Wie dem auch sei, wir haben bis jetzt davon nichts erfahren. Nach wie vor weiß niemand etwas vom Vater meiner Freundin, vielleicht hat das Liebespaar entschieden, weiter zu schweigen, vielleicht hat er sie sogar mit Liebesentzug erpresst, falls sie nicht weiter schweigt, wegen seines Sohnes, der das nicht verkraften könnte aus seinem Naturell heraus, weil er durch eine hochneurotische Mutter selbst zu einem höchst labilen jungen Mann geworden ist, dem der Vater keine neue Situation mehr zumuten möchte. Wer weiß, vielleicht besteht sein Trauma darin, seinen Vater immer wieder mit neuen Frauen geteilt haben zu müssen? Oder vielleicht ist er einfach ein besitzgieriger junger Mann, der schon jetzt in Raserei verfiele bei dem Gedanken, sein zukünftiges Erbe mit einer Halbschwester teilen zu müssen?

Wir sind um Adolf besorgt. Am meisten bestürzt meine Tante, dass er seine auch im Winter tägliche Jagd mit dem Schmetterlingsnetz – um in Übung zu bleiben! –, aufgegeben hat. Er hat keine Freude an nichts mehr, der Sonntagsbraten ist keine Abwechslung zum Gasthausessen, ihm ist überhaupt jegliche Lust auf Essen vergangen, seine chinesischen Stäbchen liegen trostlos in der Kommode, er liegt trostlos auf dem Sofa. Nie hätte ich gedacht, dass auch einen Euromillionär die Depression heimsuchen kann. Jeder von uns ist auf seine Weise bemüht, ihn aus seiner Trostlosigkeit herauszuholen. So geht mein Vater jeden Tag, wenn die Vorbereitungen zur Restauranteröffnung es zulassen, ihn besuchen. Er bedauert es, dass sein bester Freund gerade jetzt, wo er seit langer Zeit zum ersten Mal nur mehr wenig Zeit hat, eine Depression hat und nicht früher, als er noch jede Zeit der Welt hatte. Er, der mit seinem Geld ihm die Möglichkeit überhaupt erst gegeben hat, keine Zeit zu haben, und ihn dadurch hindert, ihn gebührend in seiner Trostlosigkeit zu begleiten. Für meinen Vater wäre das vor allem die Sache des Freundes, weil die Liebe meiner Tante eine solche Nähe bringt, dass sie automatisch auch in seine Dunkelheit mitgerissen wird. Wodurch hat Adolf sein wunderbares Selbstverständnis verloren? Es ist unwahrscheinlich, dass es die Liebe zu meiner Tante nicht mehr gibt, im Gegenteil, in ihm ist alles so düster, dass er sagt, ohne sie gäbe es keine Bindung an gar nichts mehr. Er spricht über sich mit einer Entwertung, die jeden wütend macht, was immer man entgegnet, um seine Stimmung aufzuhellen, sein Schluss ist jedesmal: »Ja, das stimmt schon, du hast ja Recht, aber ich kann nicht.« Vielleicht hat Adolf einfach Panik vor dem Älterwerden und dem Verfall seiner Attraktivität als Mann, vielleicht ist sein Hormonspiegel dermaßen gesunken, dass er keinen Antrieb zum Trieb mehr verspürt, oder er bereut, nie ein Kind in die Welt gesetzt zu haben, und fühlt sich nun zurecht zu alt, obwohl das Unrecht der Natur ihn als Mann nicht zum Verzicht zwingt. Sogar bei meiner Tante wäre es noch möglich, nein, welche Vorstellung, zusammen ergäbe das hundertjährige Eltern, warum nicht, lieben würden sie ihr Kind umso mehr. Nein, das kann nicht sein Grund sein, beide haben gesagt, sie fühlen sich für eine solche Aufgabe nicht berufen, und wenn sie es wären, dann hätten sie schon ein Kind. Meine Mutter hat mit ihrem gesunden Hausverstand zum Glück den Grund seiner Depression erkannt, wir anderen haben am Offensichtlichen vorbei spekuliert: er war zwar Geldgeber, aber niemand ist auf die Idee gekommen, ihn zu fragen, ob er mitarbeiten möchte. Auf Dauer fühlt man sich wie verloren, wenn alle außer einem selbst einer Tätigkeit nachgehen. Sogar sein bis dahin arbeitsloser Freund hat seine Aufgabe gemeinsam mit meiner Mutter und ihrer Freundin gefunden, seine Liebe pendelt, der Astrologe hat seine Sterne, und er hat nichts als sein Geld und seine Schmetterlingsjagd, die er nicht einmal in wissenschaftliche Forschung umleiten kann. Alles rund um ihn bewegt sich, macht, tut, legt sich abends nach getaner Tat müde und satt ins Bett, nur er wälzt und quält sich durch die Nacht und auf dem Sofa ruhend durch den Tag. Wie blind sie doch waren. Sich selbst gerade vor dem mit Arbeit zu brüsten, der immer nur zuhören muss, weil er nichts zu tun hat. Adolf wird der zweite Mann im Restaurantprojekt, die Arbeit wird so verteilt, dass jeder davon profitiert. Als mein Vater ihm diesen Vorschlag unterbreitet, verlässt Adolf ruckartig sein Sofa und sagt freudestrahlend, dass er auf diesen Moment schon lange gewartet habe, er selbst allerdings wäre nicht in der Lage gewesen, aktiv zu werden in eigener Angelegenheit, das läge nicht in seinem Naturell. Er habe viel Zeit gehabt, darüber nachzudenken, was für ihn seine Aufgabe sein könnte, und er schlägt vor, er würde gern in einer Livree den Gästen die Tür öffnen, frische Luft sei er ja von den Schmetterlingen gewohnt, das Stehen bereite ihm Freude, da könne er gut sinnieren, und höfliche Begrüßungsworte zu finden bereite ihm das reinste Vergnügen. Was für ein besonderer Mensch Adolf doch ist!

Meine türkische Freundin und ich streiten in regelmäßigen Abständen. Sie hat über ihr südländisches Temperament eine schnelle Erregbarkeit und scheint sich schon von Kindesbeinen an dazu entschlossen zu haben, den Vater und nicht die Mutter zu ihrem Rollenvorbild zu wählen, oder der Vater hat ihr als seinem einzigen Kind signalisiert, er hätte sie lieber als Knabe. Angriff ist die beste Verteidigung, das ist ihr eingeschriebenes Gesetz, was ich verstehe, bei dem, was ihr Vater als Türke bei uns erlebt hat. Eine Kritik von mir, und ich muss damit rechnen, dass sie dreifach zurückschießt. Das aber kann ich nicht so ohne weiteres hinnehmen, ein Vorwurf ergibt den nächsten, überempfindlich sind wir beide. Unser bevorzugtes Schlachtfeld ist, wer von uns die bessere und loyalere Freundin ist. Nach jedem Streit dann die beiderseitige Reue, weil die Mühe sich nicht gelohnt hat. Besser wäre, wir hätten schon vor dem Streit diese Erkenntnis gehabt, aber wie mein Spiegelbild werde auch ich abrupt und beinahe übergangslos eine Kampfmaschine mit einer Mechanik, die nicht anzuhalten ist. Wer mit dem Streit beginnt, ist unwichtig, wenn nicht sie, dann ich, oder umgekehrt. Wieviel Rivalität neben der Freundschaft in mir ist! Offenlegen werde ich sie nie, und auch von ihr werde ich über Rivalität nichts erfahren. Darüber schweigt sie wie ich, für uns beide wäre das Zugeben das Eingeständnis einer Niederlage, das keine der anderen gönnt. Da streiten wir uns lieber, wer von uns beiden die bessere Freundin ist. Außerdem, über das Sprechen von Rivalität löst sich Rivalität nicht auf, ein solches Risiko einzugehen wäre geradezu fatal: ich lege offen und sie genießt es umso mehr, ihre Rivalität zu leugnen; oder sie legt offen und ich genieße es. Oder wir geben beide unsere Rivalität zu, und dann? Nichts wäre dann, gerade über diese Herausforderung gäben wir uns neue Möglichkeiten zur Irritation, indem wir unüblich reagieren. Sie hat ihren Siegeswillen, ich habe meinen Siegeswillen, sie möchte Herr über mich sein wie ich Herr über sie sein möchte. Auch in der Freundschaft gibt es so manchen Krieg, der geführt werden muss.

»In der trostlosen Gegenwart des Belanglosen ist sogar der Dorfnarr verschwunden«, sagt meine Mutter. »Dabei kann ich mich noch gut erinnern, was das Gerücht ›Der Almhans wird in den nächsten Tagen kommen, man hat ihn schon gesehen‹ bei meiner Schwester und mir ausgelöst hat, eine Lustangst, wie es kein Thriller bewirken kann. Dieser Rübezahl ist zwei Mal im Jahr gekommen, von welcher Alm hinunter und auf welche es ihn dann wieder hinauf gezogen hat, das blieb sein Geheimnis. Es war Brauch, dass er bei uns im Nebengebäude übernachtet hat, unsere Mutter hat den Badeofen für ihn geheizt, sie hat seine von unserem Vater abgetragene, nun von ihm verdreckte, verlauste Kleidung mit einer neuen abgetragenen Kleidung von unserem Vater getauscht, und dann hat er gemeinsam mit uns gegessen. Für uns hat er nichts als Augen gehabt, kein Gesicht, und den Bart, einen schwarzen noch dazu. Das, wovor wir uns am meisten gefürchtet haben, waren seine Fußnägel, die durch die Gummistiefel geschaut haben. So dreckige und verkrustete Füße mit Krallen wie bei Hühnern, schwarz wie sein Bart, haben wir noch nie gesehen. Sie haben uns einen Schrecken eingejagt, zugleich aber auch ein erregtes Staunen, dass es solche Krallen leibhaftig geben kann, ganz wie beim Teufel. Stundenlang haben wir uns gefragt, ob zwischen seinem verworrenen Haar zwei kleine Hörner verborgen sind, umso mehr, weil er niemals seinen Hut abgenommen hat, wie oft wir darum auch gebettelt haben; wie wir auch fest überzeugt waren, dass er einen langen Kuhschwanz – den wir aber nie zu sehen bekommen haben, was uns aber nicht verwundert hat, den konnte er doch jederzeit hervorragend verstecken – als Auswuchs an seinem Rücken gehabt hat, der ebenfalls behaart gewesen ist, das haben wir über das Schlüsselloch entdeckt. Und welches Grunzen er zahnlos während des Essens von sich gegeben hat, ein dröhnender Bär, geldlos auch er! Nie durften wir seinen Stock, der mit getrocknetem Gestrüpp behangen war, auch nur berühren, das war seine Apotheke, die für andere tödlich wirken könnte, dabei grunzte er wieder, dieses Mal

›Fliegenpilz‹, und rollte dabei furchterregend mit den Augen, sogar die waren haarumwuchert. Gesprochen hat er so gut wie nichts, warum auch. In der Nacht dann haben wir uns vor ihm und seinem Schnarchen, das im Haus als immerwährender Donner zu hören gewesen ist, dermaßen gefürchtet, dass wir bei unseren Eltern schlafen durften. Es war sein Gastgeschenk für uns Kinder.«

Ob jede Generation eine Endzeitstimmung in sich trägt wie meine Generation? Vielleicht sind es Gespenster, die sich in meiner Fantasie so auftürmen, dass ich mich in das frühe Mittelalter flüchten möchte, noch vor der Buchdruckerkunst, auch die Endzeitstimmung der Antike stelle ich mir fröhlicher vor. Wer in meiner Generation noch vorgibt, ein Optimist zu sein, merkwürdig, sogar ihm ist jedes Lachen erstickt, muss zugleich Gedankengenie und Vogel Strauß sein, oder ein Replikant, den die Hybris der immer aufwärts strebenden Technik sicher schon erschaffen hat, weg mit dem alten, vermoderten Menschen, die verbesserten Modelle schaffen künftige technische Lösungen für die Unabhängigkeit von der absoluten Abhängigkeit der durchtechnisierten Welt. Wie kann man nur in so jungen Jahren die Zukunft so schwarz malen! Dass die Rohstoffquellen demnächst zu Ende gehen könnten, dass die Ozonschicht immer mehr aufreißen wird, das Klima kann doch keine Bedrohung mehr sein, die Apokalypse hat es immer gegeben, auch die Überbevölkerung ist nicht so ein großes Problem, wie sie alle tun, die reguliert sich von selbst, dafür kannst du dich freuen, einer Generation anzugehören, die mit einem hundertjährigen Durchschnitt rechnen kann. Du findest Kriege grausam, das ist aber nichts als eine degenerierte Vorstellung von dir; die den Krieg tatsächlich erlebt haben, wieviel Freude haben die gehabt, wenn sie ihn überlebt haben, in uns steckt die Biologie des Überlebenskampfes unserer Urahnen, der in Schlachten ausgefochten wird, vergiss nicht, der Krieg ist der Vater aller Dinge, früher waren es Hunger und Kälte, heute sind es Raketen und Atombomben, tot ist tot, sterben muss jeder, gerade an der heutigen Generation lässt sich umso besser ablesen, wie verweichlicht und verwöhnt sie aufgewachsen ist, immer zu essen, nie gefroren, die Medizin auf dem Höchststand ihrer Kunst, die Nase wird korrigiert, nur weil sie einem nicht so ganz zu Gesicht steht, dabei nur Ellbogen im Kopf, aber nie satt, und jede und jeder will auch noch etwas Besonderes werden, regt sich aber über die Leistungsgesellschaft auf. Das Beste, worauf sich die heutige Generation versteht, ist das Erben, aber das wird von den Alten vermiest, die wollen auch noch was erleben und zeigen es aber der jungen Generation, wie fit sie im Tauchkurs für Achtzigjährige sind, und dem Sohn schwimmen dabei seine im voraus verplanten, dann doch nicht geerbten Goldfische davon, da lässt sich in so einem Pessimismus dann gut ausruhen. Nichts, aber schon gar nichts aushalten, und dann auch noch sich aufregen, dass wir eine so zerstörte Welt mit nichts als Technik und Funktionieren vererben, na, da bin ich aber gespannt, wie diese Grünschnäbel von heute das Unaufhaltsame aufhalten wollen, das wäre ja der Gipfel der Unverschämtheit, wir, die wir alles getan haben, um die kommenden Generationen auf Rosen zu betten, und der Dank ist dann diese Pessimismusseuche.

Er geht in meine Parallelklasse. Bis zu unserem ersten Gespräch habe ich ihn so gut wie nicht wahrgenommen, so nah er auch gewesen ist. Unsere Begegnungen sind häufiger geworden, aus der Zufälligkeit und Zwangsläufigkeit in der Schule wurden beiläufige Verabredungen, ohne Absicht, eher aus Verlegenheit, diesen Wochenenden der Langeweile – nichts passiert und man wartet auf etwas, das nicht eintrifft – zu entkommen. Wie kurzsichtig das Erleben in der Nahsituation ist. Angenommen, in der Fernsituation würde eine Katastrophe eintreten, dann würde man im nachhinein die damals als langweilig erlebten Wochenenden als schöne Wochenenden interpretieren. Jede Gegenwart wird im Gedächtnis durch die Überlagerung nächster Gegenwarten neu eingestuft, so wie ich nach den Gesprächen mit ihm jede Verliebtheit der Vergangenheit zur Nichtverliebtheit hinunterstufe. Was für Sätze er sagt und wie er diese Sätze sagt, hat mich immer mehr in seinen Bann gezogen. Ich muss mir eingestehen, wenn sich keine Begegnung mit ihm ergibt, werde ich geradezu ungenießbar für meine Eltern, indem ich geistesabwesend überhaupt nicht zuhöre, meine Tante und Adolf bemühen sich vergeblich um mich, auch meine zwei Freundinnen bessern meine Laune dann nicht. Wie es auch ungewöhnlich ist, dass ich ihnen nichts von ihm erzähle, als ob dadurch etwas verloren ginge, das nur uns beiden gilt. Er ist zwei Jahre älter als ich. Mit elf Jahren ist er nach einem schweren Unfall ein Jahr lang bewegungslos im Bett gelegen. Seine beiden Arme waren nicht eingegipst. Er hat gezeichnet, das war seine Rettung. Er ist introvertiert und weiß genau, was seine Berufung ist, er hat keinen Zweifel daran. Er hat eine eigene Welt. Von Zeit zu Zeit überfällt ihn die Melancholie, die kommt und geht, er ist nicht depressiv. Er ist diszipliniert, er hat viel zu tun für seine Obsession. Es gibt Tage, da schüttet er sich mit Alkohol zu, das muss sein, sagt er. Er ist beinahe Kettenraucher. Nach jedem Gespräch mit ihm bin ich heiter und es ist, als ob mir nichts zustoßen könnte. Ich fühle mich von ihm erkannt. Ich habe gestanden, dass ich noch Jungfrau bin. Zuerst war er irritiert, dann hat er gesagt, das macht nichts, nur gut, dass er Bescheid wisse. Er will unter keinen Umständen schon jetzt Vater werden, in dieser Sache vertraue er keiner Frau, er hat immer Kondome verwendet. Ich habe gestanden, dass ich Schriftstellerin werden möchte, er hat mich motiviert, meinem Wunsch Folge zu leisten. Mir ist es egal, ob er reich oder arm ist. Irgendwann haben auch andere bemerkt, dass wir uns ineinander verliebt haben. Das erste Mal ist es in der Natur passiert, ohne Kondom, aber mit Pille, seitdem sind wir noch mehr Paar als vorher. Wir denken nicht darüber nach, wie es mit uns weitergehen wird. Mein Zweifel und meine Zerrissenheit interessieren ihn nicht, das muss ich mit mir klären. Er vermutet, dass ich den Zweifel verwende, damit ich nicht scheitern kann. Es tut weh, ihn aussprechen zu hören, was der Grund meiner Weigerung ist. Ich bewundere ihn aber auch dafür, wie wenig er von meinem Zweifel hält. Meine Freundinnen finden ihn arrogant und sagen, ich soll mich nicht belehren lassen, nur weil er viel von Kunst versteht, und belesen sind viele. Das ist ihre Eifersucht. Meine türkische Freundin hat noch immer keine neue Flamme, wie sie zugibt, was ihr bei ihrem Freund zuviel war, das hat sie jetzt zuwenig. Und meiner zweiten Freundin ist es zwar gelungen, ihren Geigenlehrer zu verführen, er hat sich auch in sie verliebt, nur hat er eine feste Beziehung, von der er sich nicht trennen kann, aus Angst, dass sie sich etwas antut. Meine Tante und Adolf finden ihn für sein Alter schon sehr gefestigt, man merkt ihm aber an, dass er in seiner Jugend Schweres durchgemacht haben muss, die Zeit heilt mit der Zeit aber auch tiefe Wunden, meine Eltern verbieten sich jeden Kommentar, das Einzige, was für sie zählt, ist, dass ich glücklich mit ihm bin. Wie raffiniert sie sind. Sie enthalten sich absichtlich jeden Kommentars, aus dem Wissen, dass ich dann nur noch mehr angespornt wäre, oder sie sind froh, dass auch ich endlich einen gefunden habe, den ich aushalte und der mich aushält, so bin ich für sie leichter zu ertragen, meine Heftigkeit bekommt jetzt auch er zu spüren. Nie hätte ich gedacht, dass meine Fußballkenntnisse, die ich mir beim einzigen Fußballmatch, mit meiner Freundin als Lehrmeister, erworben habe, mir jemals Punkte in der Liebe einbringen könnten. Er ist begeistert, dass ich nicht eine von den Zicken bin, die nicht wissen, dass der Fußball rund ist. Noch mehr beeindruckt hat ihn aber unsere Begegnung mit dem Beinahe-Beckenbauer, ich musste ihn so genau beschreiben, dass aus meinem schlechten Gedächtnis bestimmt ein Beinahe-Müller entstand, geschossen hat er auf alle Fälle mit dem linken Bein. »Das kann nur der Herget von Bayer Uerdingen gewesen sein, den hat man den zweiten Beckenbauer genannt, bis das Verletzungspech ihn zur Beendigung seiner Karriere gezwungen hat.« Da habe ich mir wieder einmal ein perfektes Eigentor geschossen! Wir gehen beinahe zu jedem Heimspiel auf den Fußballplatz, es kann ja sein, dass wir ihm dort einmal begegnen, mein Freund hat nämlich eine sehr wichtige Frage in Bezug auf Fußball, die er möglicherweise beantworten kann. Seine zweite Leidenschaft besteht darin, mir das Schachspiel beizubringen, mit einer solchen Vehemenz, dass ich mutmaße, ob er nicht aus mir ein feminines Miniaturduplikat seines verehrten Großmeisters Duchamp modellieren möchte. Wenn meine Mutter bei meinem Vater um Gleichberechtigung gekämpft hat, so kann ich nur sagen, ich kämpfe darum, nicht überfordert zu werden. So als wäre ich ein logischer Geistesblitz, der keinen Elfer verschießt!

Das große Finale ist gekommen. So elegant habe ich meine Eltern schon lange nicht mehr gesehen. Als wenn heute nicht Restauranteröffnung, sondern ihr Hochzeitstag wäre. Sie sind beide aufgeregt, ich spiele ihnen die Nicht-Nervöse vor, vielleicht macht sie das ruhiger. Es ist ihr Tag, nicht meiner, und ich bin stolz auf sie. »Man muss nur Geduld haben, wenn der richtige Zeitpunkt aber gekommen ist, darf man ihn nicht verpassen«, sagt mein Vater, »das ist wie auf hoher See, wehe, man schwimmt nicht mit den Wogen, dann geht man in ihnen unter.« Wenn er seinen Gästen seine Weisheiten auch zum richtigen Zeitpunkt serviert, dann wird man diesen besonderen Ort gern aufsuchen, denn eines ist sicher: ein sogenannt gehobenes Restaurant mit allen Nachteilen, die dieses bietet, wird es bestimmt nicht, auch wenn Adolf als unüberbietbarer Luxus Türsteherdienste leisten wird, weshalb man es als ein Restaurant nur für Reiche einordnen könnte. Damit es gar nicht erst zu dieser Fehldeutung kommen kann, besteht die Eröffnung in einer Gratiseinladung für jeden, der kommen möchte, ausgeschenkt wird Bier und Wein, zum Essen gibt es köstliches Gulasch, ich habe mich gestern als Probegast für die richtige Schärfe zur Verfügung gestellt. Als Nachspeise gibt es dann Torten in allen Variationen, auch da hat sich meine Mutter besondere Mühe gegeben, damit man in den wenigen Köstlichkeiten die Gaumenfreuden der Zukunft delektieren kann. Adolf ist in seinem Element, er schwingt die Tür auf und zu mit Begrüßungsworten, die wie Schmetterlinge aus seinem Mund schwirren. Da ihm eine Livree zu sehr nach Verkleidung vorgekommen wäre, hat er sich diskret für einen Poirot ohne Bart, möglicherweise mit Monokel, ganz bestimmt aber mit Knickerbockern und Tropenhelm entschieden. Die Freundin meiner Mutter schwebt überhaupt auf Wolken, sie sieht noch jünger als vorgestern aus, wenn das so weitergeht, dann könnte der Astrologe bald i h r Vater sein. Sein Geschenk für diesen Tag ist nämlich die heute besonders günstige Himmelskonstellation für alle Geschäftseröffnungen, die mit Essen und Trinken zu tun haben. Damit jeder Zweifel hundertprozentig ausgeschlossen werden kann, befragt sie ihn noch, ob bestimmt auch Restaurants unter die Schirmherrschaft dieser Kometen – ihre Bezeichnung für Planeten – zu zählen sind. Meine Tante trägt eine lange blonde Kunsthaarperücke, ihr echter Schmuck wirkt in dieser Kombination wie Modeschmuck. Ich habe richtig geahnt. Sie wollte, von Adolf unerkannt, ihn bei seiner neuen Tätigkeit begutachten, was ihr, wie sie betont, auch gelungen ist. Adolf war in seine Arbeit vertieft und begrüßte sie als ihm Unbekannte so verführerisch, dass meine Tante für Momente eifersüchtig geworden ist. Trotzdem gelingt es ihr mit der ihr eigenen Großmut, ihn für seine formidable Höflichkeit in höchsten Tönen zu loben. Der Astrologe befreit sie endgültig aus ihrem inneren Drama, indem er sie zu einem Duell Pendel gegen Horoskop auffordert. Und der Vater meiner türkischen Freundin hat sich so an das Biertrinken gewöhnt, dass er Allah erst gar nicht mehr um Verzeihung bittet. Ihre Mutter gesteht lachend, nur aus Liebe zu ihm auf ihren geliebten Wein zu verzichten, aber wenn er darf, darf sie erst recht; sie hat von ihrer Tochter gelernt. Zwischendurch geht der Bürgermeister mit Adolf an die Bar, er will ihn zum Ausbau des Kindergartens animieren. Fröhlich wie er ist, war er nicht umsonst mit Adolf an der Bar. Dieser geht wieder an seine von ihm so geschätzte Landluft, um den Schuldirektor ehrerbietig zu empfangen. Und welche Fügung, dass meine zweite Freundin in einen Geigenlehrer verliebt ist. »Ein Fest ohne Musik ist wie ein Geburtstag ohne Torte«, wie klug mein Vater wieder ist. Die beiden schenken dem Fest ein Ständchen. Für das Aufspielen zum Tanz kommen zwei Geigenfreunde dazu, sie genießt mit uns das Flirten beim Tanz von jedem mit jeder, jung und alt werden regellos durcheinandergewirbelt. Ihre Mutter hat sich beim Kometen doch nicht versprochen, denn plötzlich ist der Bruder meines Vaters mit einer Indianerin, die einem Karl May Buch entsprungen ist, im Restaurant erschienen. Adolf ist völlig durcheinander, vor Aufregung hat er seinen Tropenhelm nicht mehr, er steht, verwirrt wie wir, im Restaurant und bestaunt mit offenem Mund dieses Paar. Er freut sich bedingungslos mit seinem besten Freund, der Bruder, sein Rivale, hat eine Indianerbraut, sie ist bezaubernd, aber nicht ganz so blond wie seine. Mein Onkel hat seine Liebe in den Wäldern Kanadas gefunden, sein Vermögen hat er seiner Exfrau und seinen Söhnen überlassen, so hat jeder, worauf er nicht verzichten will, sie sein Geld und er seine Liebe. Er will den Blutsbruder samt Familie und das Land, in dem er aufgewachsen ist, seiner Braut zeigen, dann kehren sie wieder in die Wälder Kanadas zurück. Und wie ich zum zweiten Mal wegen meines Onkels bei meiner Liebe punkte! Besonders der Freund in Amerika hat sein Interesse erregt, der Schachspieler, der im Gefängnis gewesen ist. Das Geschenk meines Onkels ist eine goldene Füllfeder. Das ist ein Omen. Ich verlasse das Fest, ich schreite zur Tat und beginne zu schreiben.

Umschlag: Deutschbauer / Spring
Herstellung: Finidr s. r. a.

ISBN 3-85420-660-7 (Normalausgabe)
ISBN 3-85420-661-5 (Vorzugsausgabe)

Literaturverlag Droschl Alberstraße 18 A-8010 Graz
www.droschl.com